あやかしトリオの
ごはんとお酒と珍道中

著　桔梗楓

マイナビ出版

目次

あやかしトリオのごはんとお酒と珍道中

桔梗楓

KAEDE KIKYO

第一章　とびおりオフィスの叫び声

午後十一時十一分、今夜も、ヨツイチのお化けが叫ぶ。

『びゃぁあああぁびぁぁあああ』

都内にあるオフィスビルの四十八階。

それは隙間風のような音であり、男性の悲鳴のようでもある。

いつも午後十一時十一分に聞こえるので、いつの間にか社内では『一』が四つ並ぶ時間ということから『ヨツイチのお化け』と呼ばれるようになっていた。

声は今年の春から始まり、秋深まる今に至るまで、毎日欠かさず飽きもせず、午後十一時十一分に必ず聞こえる。

そんなオフィスで働く飯田朋代(いいだともよ)は、気味の悪い声にぶるりと身震いした。

「うう。また『ヨツイチのお化け』の悲鳴だ。やだなあ、もう」

まもなく終電だ。朋代はデスクを軽く片付けて、まだ居残る社員に「お疲れ様でした」と挨拶してから退社する。

今日も今日とて残業だ。定時を過ぎてから深夜に至るまで、どれだけ身を粉にして働こうとも、給料は一円たりとも増えない。

「はあ」

深夜の帰り道。朋代は疲れてため息をつく。

「時々虚しくなるなあ。でも、切ないことに仕事は楽しいんだよね」

しかし、あの悲鳴だけには慣れない。他の社員は「どうせ隙間風だよ」と言って笑い飛ばしたり、おもしろおかしくオカルトの噂話を囁いたりしている。

朋代としては、早く音がなくなってほしいと切に願うのみだ。もし隙間風なら、その隙間を探し出してみっちり目張りしたい気分である。

終電間際の電車に揺られた朋代は、ビジネス街より離れた住宅地の駅で降りる。

都会のざわめきとは打って変わって、この街は静寂に包まれていた。腕時計を見ると、もう零時を過ぎている。

「さすがにもう、寝てるかな」

歩きながら、朋代は呟く。

飯田朋代。二十六歳、独身。彼氏はおらず、地方の実家から離れて暮らしている。そして、親や会社にも内緒にしている、大切な秘密があった。

それはちょっと奇妙な同居者がいる、ということ。

朋代の住居はメゾネットタイプのアパートだ。専用の庭があるので、一戸建てにも見えるところがお気に入りである。

「ただいま～」

カチャリと玄関ドアを開けると、照明のついていない玄関は静まり返っていて、暗かった。

朋代は同居者を起こさないように、忍び足でリビングに入る。

そして、冷蔵庫を開けてミネラルウォーターを取り出していると、ソファのほうからモゾモゾと物音がした。

「おかえり。朋代よ」

冷蔵庫の明かりしかないリビング。暗がりから声がする。

「マツミ君、ただいま。はーくんはもう寝たの？」

「うむ。一時間ほど前まで朝餉（あさげ）の仕込みをしていたがのう。朋代は今日もお疲れ様じゃ」

「ありがと。マツミ君は、こんな暗いところでゲームしてたらだめだよ」

「そなたは我を何歳だと思うておるのじゃ。そんなこと、たまにしかせぬわ」

たまにはするんだ……。

朋代は呆れた表情でため息をつく。

「夕飯は会社で済ませたし、今夜はもう遅いから、私はお水飲んだら寝るね」

「我も寝直すとしよう。おやすみ、朋代」

「おやすみ、マツミ君」

お互いに就寝の挨拶をして、朋代はミネラルウォーターを飲んでから廊下にある階段を上り、寝室に入る。

「お風呂は、明日の朝にしよ」

さすがに深夜まで仕事をしたら、身体はクタクタだ。

化粧落としシートでサッとメイクをぬぐって、ぺたぺたと化粧水を塗り、パジャマに着替える。そしてふかふかの布団に包まると、あっという間に睡魔がやってきた。

すう、と匂いを嗅ぐと、暖かい太陽の匂いがする。

「はぁ〜いい匂い。はーくん、布団干してくれたんだなあ……ありがと……」

むにゃむにゃと礼を言いつつ、朋代はほどなく眠りの世界に落ちる。

――おかえり。――ただいま。

そんな、ごく普通のやりとりができる日常に、ほのかな幸せを感じながら。

ぴりりり。ぴりりり。

枕元のスマートフォンが、けたたましくアラーム音を鳴らす。

「うー」

朋代は布団の中から手を出した。そして、ピリピリ鳴り続けるスマートフォンを手探りで見つけて、ベシッと叩く。

「あと……五分……」

もそもそと二度寝に入る。

すると、寝室の扉がガチャリと開いた。

「朋代。朝餉の用意ができたぞ。起きるがいい」

野太くて低い、男性の声。夜リビングで話した相手と違う声である。

「うー仕方ない……起きるか……」

まだ布団の中でゴロゴロしていたいが、朝食が冷めてしまうのはもったいない。

朋代は気だるく身体を起こして、寝室から一階に降りた。

「おはよ～」

リビングに入って挨拶すると、ダイニングテーブルから声が返ってくる。

「おはよう」

「おはようなのじゃ」

ダイニングテーブルの椅子には、とぐろを巻く黒い蛇が一匹。

そして、キッチンの前には、朱色をした天狗の仮面を被る大男がいる。

これが朋代の秘密。『奇妙な同居者』だ。

「はぁ〜お腹ぺこぺこ。今日も美味しそうな朝ごはんだね〜」

くんくんと鼻をひくつかせると、味噌汁のいい匂い。

朋代がダイニングテーブルの椅子につくと、向かい側からぴょこっと蛇が顔を出す。

真っ黒の細い蛇。頭の部分に金色のラインが三本入っているのが特徴で、目は輝くような金色だ。

この蛇の名は『アラヤマツミ』。神奈川県のあたりが相模国と呼ばれていたころから、そのあたりの山を守っていた神様である。

「今日も朋代は遅くなるのかの？」

「うん。仕事が山積みでね〜。来週には落ち着くと思うんだけど」

朋代が働いている会社は、いわゆるマーケティングリサーチ会社だ。クライアントの企業より依頼されて、Ｗｅｂやメールを使ってアンケートをし、年契約しているコンサルタントと連携して企業戦略を練り、報告・提案するのが仕事である。

朋代はリサーチ部門リサーチ課の主任で、毎日様々な情報を収集してデータ化しては、コンサルタントと打ち合わせしている。多忙なのが悩みだが、やり甲斐のある仕事に充実感を覚えている。

朋代は「いただきます」と一礼してから、さっそく味噌汁を飲んだ。

具は、ほっくりしたカボチャとたまねぎだ。ほんのりショウガが効いているところがにくい演出である。

「はぁ～身体が温まる～」

十一月も中ごろに差し掛かると、朝はやっぱり肌寒い。そんな中、温かい味噌汁は朋代の身体を芯まで温めてくれる。

「仕事熱心なのはよいことだが、根を詰めすぎぬようにな。そなた、目の下にクマができておるぞ」

朋代の前に焼きたてのだし巻き卵を置いて、天狗の仮面男が心配そうに言った。

彼の仮面は、正確に言うと仮面ではない。

それは顔の一部であり、決して外れはしないのだ。

名を『ハガミ』といって、かつて京都にある小さな山を守っていた神様だったが、土地開発のため人の手によって山は壊され、その恨みから天狗になってしまった妖怪である。

大柄なハガミは黒い作務衣に白い割烹着を身につけていた。朱色の相貌は厳めしく、鼻はピノキオのように長く、そして太い。迫力のある目の色は、アラヤマツミと同じ、金色である。

「ありがとう、はーくん。う〜ん、おいしい！」

ふわふわのだし巻き卵は、かつおだしのいい香りがした。大根おろしにちょっと醤油をたらしたものを載せて食べると、さらにおいしさが増す。

「ハガミはほんに器用だのう。いや！　我もやろうと思えば料理くらい難なくできるのだが。なんせ我、全知全能の神じゃから！」

にゅっと胴を伸ばしてふんぞり返るアラヤマツミに、朋代は呆れた視線を向ける。

「全知全能のわりには毎日ゲームばっかりしてるし、マツミ君が家事をしているところなんて見たことないけど？」

「自ら家事に勤しむ神など……まあ変わり者の神ならするかもしれんが、我は誇り高いゆえ、労働を好まぬ。しかし、いざとなったら全知全能ぶりを発揮するゆえ、安心するがよいぞ」

「はいはい。私が死ぬまでに、是非その全知全能ぶりを拝んでみたいものですねえ」

皮肉交じりに言葉を返した朋代は、ぱくっとごはんを口にした。

アラヤマツミとハガミは、今や朋代にとって家族のような存在である。

はじまりは、趣味の登山での出来事だった。

身体は仕事で疲れ切っているけれど、山を登るのは良い気分転換になる。森林浴のリラックス効果も感じられて、頂上にたどり着いた時の達成感は得がたいものがある。

そんなある日、朋代はアラヤマツミに出会った。

雑木林に、ぽつんと建っていた古いお社。そこに、人々から忘れられて神としての力をほとんど失った古い神、アラヤマツミがいたのだ。

そしてどうしてだか意気投合し、アラヤマツミは朋代の家に棲み着くようになったのである。

ちなみに、アラヤマツミの趣味は『コンピューターゲーム』である。ソーシャルゲームからコンシューマーゲームまで、好みのゲームジャンルは多岐に亘る。さらに、その趣味が高じてインターネットサーフィンもお手のものである。

なんとも風変わりな神様だ。

「アラヤマツミ殿は今現在も正真正銘の神であるし、労働は人がなすことである。まあ、我の料理は半ば趣味のようなものだ。アラヤマツミ殿の趣味が『げーむ』であるようにな」

ことりと小鉢を置いたハガミが言う。

「そちらの味噌汁は疲労回復の助けになれば、と思ったのだ。南瓜と玉葱は、疲れを取るのによいらしい。そしてこちらの小鉢は、牛蒡と胡麻のまよねーず和え。牛蒡の香りは、精神的な不調が和らぐそうだ」

ハガミは、カタカナ語の発音がどうにも不得意なようだ。そんな彼の独特の口調にも慣れた朋代はにっこり笑顔になる。

「ありがと。はーくんのごはんは毎日おいしくて私は幸せだよ〜。本当、はーくんにうちに来てもらってよかった！」

「うむ。我に感謝するがよい」

「なんでマツミ君に感謝しなくちゃいけないのよっ」

当然のようにえっへんと偉ぶるアラヤマツミに、朋代はすかさずツッコミを入れる。

ハガミは、病魔をまき散らして人々を苦しめようとしていた妖怪だったのだが、朋代たちはこれを鎮めた。そして行く当てのなかったハガミを、アラヤマツミが誘ったのである。

当時朋代は「勝手に住人を増やすな！」と怒ったのだが、ハガミがひとりぼっちの妖怪であること、彼が唯一敬意を払っているのが神であるアラヤマツミだったことなどの理由から、しぶしぶハガミを受け入れることにした。

しかし、これが思わぬ拾い神であったのだ。

ハガミは人間に対し傲岸不遜なところがあるが、とても義理堅かった。

孤立していたハガミを家に招いたアラヤマツミと、同居を受け入れた朋代に恩を感じたハガミは、仕事で忙しい朋代に代わって家の家事全てを担ってくれた。

元々マメな気質だったのだろう。同居して一年経った今ではすっかり掃除も料理も洗濯もお手のものである。アイロンがけも完璧だ。

それまで、掃除は適当で料理もほとんどせず、アイロンが必要な服は全てクリーニング任せだった朋代の生活は一変し、格段に住み心地のよい家になった。アラヤマツミも住環境がよくなったことに大満足である。

まあ、天下の天狗様に自分の下着まで洗わせているのはどうかと思わなくもないのだが……。『家族』なんだしいいかと、朋代は半ば開き直っている。

それにしても驚くのは、この世に『神』や『妖怪』がごく普通に存在しているということだ。アラヤマツミやハガミに限らず、朋代が住む街にはあと幾人か知り合いの妖怪がいる。

彼らは皆、妖怪であることをひた隠し、人に擬態して社会に溶け込み、生きている。

時には、同士である妖怪たちで手を取り合い、助け合いながら。

「ふう、ごちそうさまでした」

綺麗に完食した朋代は満足そうに両手で腹を撫でる。ハガミが棲みつく前は、朝ごはんは食べない主義だったが、あっさり返上した。朝ごはんをきちんと食べると、今日も一日頑張ろうという気力が湧いてくるのだ。身体中にエネルギーがみなぎるのを感じる。

ハガミが温かい緑茶を淹れてくれて、朋代は礼を口にしながらズズッと飲んだ。

「はー。お茶がおいしい。はーくんの朝ごはんを食べ始めてから、私の身体、すごく調子がいいんだよ」

「ふふ、そう言ってくれるのなら、作りがいがあるというものだ。薬膳料理……だったか、なかなか興味深い料理法であるな」

ハガミが満足そうに笑って椅子に座り、ふたつのコップにミネラルウォーターを注ぐ。

「アラヤマツミ殿。水をどうぞ」

「うむ。すまぬな」

ハガミとアラヤマツミはコップに入った水を飲み始めた。

ふたりとも、人間のような食事は必要とせず、口にするのは水か日本酒だ。

妖怪のほとんどは人と同じような食事をしているらしいが、アラヤマツミは神であり、ハガミも神に近い妖怪だからなのだろう。

「良質な食は健康に繋がる。医食同源、というやつじゃな」

料理を知らなかったハガミに薬膳料理を教えてくれたのは、この街に棲む、とある妖怪だ。アラヤマツミが朋代の家に棲み着いたころから付き合いがある、河童である。

見た目は麗しい美形男性なのだが、後頭部には皿があり、ハガミの天狗のお面と同じく、身体と一体化しているので外すことはできない。黒い中折れ帽を被って皿を隠しながら世間に溶け込み、現在は置き薬販売員として働いている。

「はあ、今夜もヨツイチのお化けの悲鳴を聞かなきゃいけないのかな」

朋代はお茶を飲んでため息をつく。

アラヤマツミとハガミは互いに顔を見合わせ、首を傾げた。

「よついちのおばけ……とは？」

「初耳だのう。もしや、新顔の妖怪か？」

ふたりが交互に尋ねてきた。朋代は「ああ、言ってなかったっけ」と頬を掻く。

「気味が悪いから、ヨツイチのお化けのことは考えないようにしていたんだよね。実は、会社で夜中になると聞こえる謎の悲鳴のことなんだけど……」

朋代は説明を始めた。

毎夜十一時十一分、深夜の決まった時間に必ずオフィスに響き渡る恐ろしい悲鳴。

それは男のような、女のような。甲高くて、どこか野太くもある声。

単なる隙間風だという意見が圧倒的に多いが、中には怨霊の叫びなんだよと、恐ろしげに噂する者もいる。

だが、その声の正体を突き止めた者はおらず、真相は謎のままなのだ。

「なるほど。興味深いのう。夜中の決まった時間に聞こえる悲鳴か」

アラヤマツミの金の瞳が楽しそうに弧を描く。

「その声とやらは、朋代の働く会社でしか聞こえぬのか？」

「そこなのよ」

湯のみをトンとテーブルに置いて、朋代はそれを持つ手に力を込める。

「うちの会社はオフィスビルの四十八階にあるんだけど、なぜかウチの社員以外誰もあの声を聞いていないの。そこがすごく不気味でね」

オフィスビルで働く人たち全てが、ヨツイチのお化けの声を聞いていたなら、もっと騒ぎになっているはずだ。しかし、そんな噂はひとつも聞かない。

「しかも、四十八階はうちの会社の三つの部署が入っているんだけど、声が聞こえるのは、リサーチ部門……つまり、私の部署だけなのよ！」

どうしてよりにもよって、怖いものが嫌いな朋代の部署でしか聞こえないのか。どうせなら、オカルトに強い人たちがいる部署で叫んでほしいと朋代は思う。

「残業すると必ず聞こえるものだから、うちの部署の人たちは皆困っているの。でも、課長に相談してもなーんも動いてくれないんだよ。仕事しろバカ！」

ダン、とテーブルを叩いたので、ハガミとアラヤマツミのコップに入った水がちゃぷんと揺れた。

「あ〜もう、春に課長が異動してきてからろくなことがない！　いっつもフロアの中をウロウロしてるだけでさ。どんなに仕事が山積みでも定時ちょっきりに帰るの！　腹立つ！」

「て、定時に帰るのは、会社員としてなにも間違ってはいないと思うが」

鬼の形相をする朋代に、鬼みたいな顔をしているハガミがおずおずと意見を述べる。

「むしろ社畜と化している朋代のほうが不健康というか、健全ではない気がするのう」

アラヤマツミが困惑したように言うので、朋代はビシッとふたりを指さす。

「なによ！　課長の肩を持つっていうの!?」

「そういうつもりはないが、最近の朋代はずっと残業続きじゃ。自覚していないであろうが、疲労が顔に出ておるぞ」

アラヤマツミがくいっと鎌首を傾ける。

痛いところを突かれた朋代は「うっ」とたじろいた。

「確かに最近はちょっと根を詰めすぎかなって思わなくはないけど……でも、納期が近いんだもん！　課長のチェックが遅いから、こっちの予定もズレまくったし」

「ふうむ。おそらくその『課長』とやら。慣れぬ仕事を任されておるのではないか？」

アラヤマツミの言葉に、ハガミが「そうだな」と同意する。

「今年の春に異動されたのであろう。前はどの部署で仕事をしていたのだ」

「総務……経理課……だけど」

朋代が渋々答えると、向かいに座るふたりはうんうんと頷いた。

「ほれ、ぜんぜん仕事の種類が違うではないか。朋代は部下として、もっと課長の気持ちを汲んでやらねばならんぞ」

「知らぬのなら教えてやるのも、先達の役割だ。おそらくその男、慣れぬ仕事を丁寧にやろうとするあまり、時間がかかっているだけなのであろう」

「なんでふたりそろって課長の味方なのよ。ヤツの髪が薄いからか！」

朋代がムッと口をへの字にすると、アラヤマツミとハガミは互いに目を合わせて、同時にため息をついた。

「髪の多い少ないは関係ないが、生物はすべからく加齢と共に見た目が変化するもの。外見を悪(あ)しざまに言うのはよくないぞ、朋代よ」

「くっ、こういう時だけ正論を言うんだから。この神様は！」

朋代が悔しげに言うと、アラヤマツミは「フフン」と、偉そうに笑って長い胴体をピーンと張る。

「正真正銘神様じゃし！」

「神の力で課長の髪の毛フッサアーにしてみなさいよ」

「そんな特殊な神通力(じんつうりき)、天照大神(あまてらすおおみかみ)ですら持っとらんわ！」

もはや日常と化したアラヤマツミと朋代の言い合いを、ハガミが「まあまあ」となだめた。

「課長のことはとりあえずよかろう。問題は、その……なんといったかな、なんとかのオバケなる存在ではないか？」

「うう……思い出させないでよ。はあ、今夜も聞こえるんだろうなあ」

朋代はテーブルに顔を伏せた。何度も課長に、例の音について調査してほしいとお願いしているのだが、どうせ隙間風だろうと一蹴(いっしゅう)されて相手にもしてくれない。

それならと、一応朋代なりに、オフィス内を調べたこともあったのだが、四十八階の窓は全てはめ殺しになっているし、隙間ひとつ見当たらなかった。

「怖いのは噂話なの。社員の誰かが面白半分で流してるだけなんだろうけど……」

はあ、と朋代はため息をつく。

「実はあのビル。過去にとびおり自殺があったんだって。それも四十八階からなの！」

朋代は恐怖にぶるぶると身体を震わせた。

どうやら、昔は換気のためにフロアの角にある窓が半分開くようになっていて、その窓から落ちたという話だ。ヨッイチのお化けは、その自殺者の怨念の声なのだとか……。

「わーやだやだ！　どうして今年に入って急に怨念の声を出し始めたのよ。私があの会社を辞めるまで黙っていてほしかった！」

「どこまでも自分中心じゃのう、朋代は……」

アラヤマツミが呆れた口調で言う。

その隣では、ハガミは少し考え込むように腕を組んでいた。

「しかし、怨霊の仕業とするなら不可解な行動だ。時間は決まっているし、声でしか自己主張をしない。そんなおとなしい怨霊など聞いたこともない」

「は、はーくん、怖いこと言わないでよ。あなたが言うと、やけに真実味があるんだから」

朋代はびくびくしながらハガミを睨んだ。

すると、アラヤマツミが意を決したように「よしっ」と言って、胴をニュッと上げる。

「朋代よ。ここはひとつ、我らがひと肌脱いでやろう」

「ひと肌って、マツミ君、脱皮するの？」

「せぬわ！　我を蛇扱いするでない」

アラヤマツミが身体をぷるぷる震わせて怒り出す。

「我とハガミで、その怪異を解決するのだ。なあに、本当に怨霊の仕業であるなら、我らの敵ではないぞ」

ふふーんと、自信満々に鼻を鳴らすアラヤマツミ。ハガミも「そうだな」と同意して、コップの水を飲み干した。

「この世を彷徨う憐れな霊がいるのなら、鎮めねばならん。これは人ならざる者の務めだ」

「うむうむ。それに、人の世を守り導くのは、神として当然のことだからのう」

ハガミとアラヤマツミを交互に見た朋代は「ふうん」と生返事で、お茶をこくりと飲む。

「まあいいけど。私の仕事の邪魔はしないでね」

「おうよ。大船に乗った気分でいるといい。さてハガミ、さっそく準備しようぞ」

「うむ、心得た」

ハガミが椅子から立ち上がり、アラヤマツミは椅子の脚を伝って床に降りると、寝床に入ってゴソゴソし始めた。

心意気は嬉しいし、ありがたいが、一体なにをする気なのだろう。

(マツミ君もはーくんも、なに考えてるかわかんないとこあるんだよね)

朋代はお茶を飲み干してから「まあいいか」と思い直して、出勤の準備を始める。

シャワーで身体を洗ってメイクを施し、ヘアアイロンで髪を巻いて、ビジネスバッグを持って玄関に向かった。

「んじゃ、いってきまーす」

玄関のドアを開いて外に出る。

いつもなら、ハガミとアラヤマツミが揃って朋代を見送るのだが……今日は「行ってらっしゃい」と言ってもらえなかった。

「あれ?」

首を傾げる。あのふたりはどこに行ったのだろう。朋代が準備をしている間に、どこかへ出かけてしまったのだろうか。

「まあ、はーくんには合鍵を渡しているし、大丈夫かな」

そう言って、朋代が歩き出したところ――。

バサバサと羽ばたき音がして、ポンと頭に硬いものが載る。

「これ、弁当を忘れておるぞ」

「おっ、ごめんね。ありがと……って……」

弁当の入った巾着袋を受け取ってから、朋代は周りをきょろきょろ見回した。

空には大きなカラスが一羽。そして足元にはにょろにょろと黒い蛇が地を這っている。

「ふたりとも、どうしたの？　はーくんがカラスの姿になるの、久しぶりだよね」

「うむ」

カラスは、ハガミの変化によるものだ。彼はひゅんと滑空してアラヤマツミの近くに降り立つ。

「現場百遍と言うじゃろ。まずは怪異の調査をしようと思うてな」

朋代の足元で、アラヤマツミが胴体を上げて言う。

「だが、我らは朋代の職場がどこにあるか知らぬゆえ、出勤についていくことにした」

羽を畳んだハガミが厳かな口調でアラヤマツミに続いた。

朋代は巾着袋を握りしめて「ついていくことにした、じゃなーい！」と怒鳴る。

「まさか私の後をついてくるつもりじゃないよね!?」

「そのまさかだが」

「バカバカなに考えてるのよ。そんなの目立つに決まってるじゃない。電車に乗るんだよ。都心のビジネス街に行くんだよ。カラスと蛇を連れていけるわけないでしょ！」

朝の通勤ラッシュの中、蛇とカラスを率いて通勤するなんて、下手したら写真を撮られてSNSに晒(さら)されるレベルである。

「しかしなあ。実際に職場を見てみないことには、解決するものも解決せんぞ」

「一度道がわかれば、アラヤマツミ殿を抱えて空から行くこともできるがなあ」

ふたりの言葉に、朋代はめまいを覚えたようにふらふらしてしまった。

のんびりしてゆるく見えるが、アラヤマツミもハガミも実は結構な頑固者だ。一度こうと決めたら絶対に曲げないところがある。

(ありがたいけど、困るんだよね)

朋代はふうとため息をついたあと、ビジネスバッグから布製のエコバッグを取り出した。

「仕方ない。連れていってあげるから、ここに入ってよ」

「……神を荷物扱いとは、なかなかいい度胸じゃのう」

「ええい神様なら私の社会的立場も考慮しなさい！　ほら、とっとと入る！」

朋代がキェーッと怒り出すと、アラヤマツミとカラス姿のハガミはのそのそとエコバッグの中に入っていった。

「よし。おとなしくしててよ。あなた方はこれから置物だと思うのです。特にマツミ君は絶対電車内で喋（しゃべ）らないこと！」

そう命令し、朋代はビジネスバッグとエコバッグを肩に掛けて、会社に向かった。


オフィスビルの四十八階に到着した朋代は、デスクにビジネスバッグを置いたあと、エコバッグを小脇に抱えてエレベーターに乗り、五十階にある屋上に行った。

このオフィスビルは屋上緑化にも力を入れていて、そこには仕事疲れの心が癒やされるような青い芝生が広がっており、ビル内で働く人の憩いの場になっている。

朋代が芝生の上にエコバッグを降ろすと、カラスの姿をしたハガミがトントンと小刻みに飛び跳ねながら出てきて、そのあとからアラヤマツミがにょろにょろと顔を出した。

「いいこと？　ヨツイチのお化けが出るのは夜だから。その時間まではここで静かにしているように。わかった？」

「うむ、任せよ。なかなかよいくつろぎ場所じゃ。褒めてつかわすぞ」

「多少空気が悪いが、仕方あるまい。建物の高さがあるぶん、地上の汚染された空気よりましだな」

好き勝手なことを言うふたりに呆れた顔をしつつ、朋代は「くれぐれも、他の社員に見られないように！」と念押しして、四十八階に戻った。

（大丈夫かな。はーくんは単なるカラスとして見過ごされそうだけど、マツミ君はどこからどう見ても蛇だもんな……）

屋上庭園で蛇が見つかったら、保健所に連絡されてしまう。頼むから見つからないでほしいと願っていると、ポンと肩を叩かれる。

「おはよ、飯田」

「あ、八幡。おはよ〜」

同僚の女性社員、八幡だ。朋代がデスクの椅子に座ると、隣のデスクについて「はぁ〜」と疲れたように頬杖をついた。

「例のヨツイチのお化けさ、ウチ以外の会社でも噂になり始めたみたいだよ」

「え〜っ、そうなの？　他のフロアでもあの声聞こえたってこと？」

「いや。聞こえるのはやっぱり四十八階だけみたい。でも、うちの社員がリフレッシュフロアで噂を流したみたいでさ」
　リフレッシュフロアとは、オフィスビル二階のことだ。そこは休憩フロアになってお
り、ビルに入っている会社が共有している。商業施設のフードコートとほとんど同じ造
りで、壁側にはいろいろな食事が楽しめるチェーン店がずらっと並んでいる。
「下の階の人が深夜に四十八階に忍び込んだらしいの。それで、ヨツイチのお化けの声
を聞いちゃったんだって」
「物好きねえ……。こっちとしてはストレスの元なんだけど！」
　朋代が怒り出すと、八幡は困った顔で「アハハ」と笑った。
「やっぱ、十一時十一分に必ず聞こえるっていうのは不気味だよね。こりゃ、霊の仕業
と言われても仕方ないか～」
　八幡が脅かすように言うので、朋代は思わず「やめてよ！」と声を出す。
　朋代以外にも、あの声を怖がる社員はもちろんいる。
だが、そういう社員はだいたい、あの声の正体を解明しようというよりは、あの声を
避けるようになったのだ。つまり、十一時十一分までに仕事を切り上げて帰ってしまう。
　朋代も彼らに倣って帰宅すればいいのに、持ち前のキッチリした性格が邪魔をする。
　面倒な仕事はその日中に片付けてしまいたいし、キリのいいところまで作業をやりた

いタイプなのだ。

（基本的に社畜思考なのかもしれない。とほほ……）

根を詰めて仕事をするクセがなぜか高評価に繋がってしまい、去年朋代は主任に昇格した。給料はわずかに増えたが、自分の仕事をする傍ら、部下の監督指導もしなくてはいけないので、仕事量は以前に比べて倍増した。つまり残業が多くなるということで、結果、ヨツイチのお化けの悲鳴を聞かざるを得ない状況に追い込まれている。

「課長がなんとかしてくれたらなあ」

ぼんやり呟いた時、フロアのドアがガチャリと開く。

入ってきたのは、件（くだん）の課長だった。

頭頂部が寂しくて、上から見ると、U字に沿って髪が生えている。

彼はぼそぼそと小声で「おはよう」と挨拶したあと、そそくさと自分のデスクに移動した。

知らず、朋代がムッと不機嫌な表情になる。

いつも弱気な態度で、いるのかいないのかわからないほど存在感がなくて、部下が渡した書類をつまらなそうに眺めて無言でハンコを押すだけの人。

今年の四月に異動してきた課長は、そういう人だった。

自ら課を率いるつもりもないし、朋代が出した意見も「まあ、いいんじゃないですか。任せますよ」と適当な態度で肯定する。

そして、定時のチャイムが鳴ったと同時に、ふらりと退社していくのだ。

なんのために異動してきたのか、まったくわからない人である。

なんでも白黒ハッキリさせたい朋代にとって、曖昧な態度しか取らない課長はストレスの原因のひとつになっていた。

朋代以外の課の社員は皆、課長に期待するのを諦めている。書類チェックの際、上司のハンコがもらえさえすればいい。そんな感じだ。

（は～めんどくさ……。でも、ちゃんと報告しなきゃ。私は主任なんだし）

朋代は内心文句を言いつつ、椅子から立ち上がって、課長のところに向かった。

「課長、おはようございます。今週末が納期の、Ｗｅｂアンケート調査結果についてですが、コンサルタントからの意見はもらえましたか？」

「おはよう。……まだだ。購買層の分析に難航しているらしい」

「ですが、納期まであと二日しかありません。こちらもクライアントの報告に向けて調査結果をまとめないといけませんし、催促してもらえませんか？」

朋代の言葉に、課長はあからさまに面倒くさそうな顔をした。

「僕は毎日催促している。でも、待ってくれの一言なんだ。不満なら、自分で催促してくれ」

吐き捨てるように言って、ぷいと横を向き、ノートパソコンを開く。

話はこれで終わりだと言わんばかりの態度に、朋代の額にビシッと青筋が立った。

(この無能課長〜！　それは催促とは言わない！　もっと強気で行かないと、うちの仕事は後回しでいいって向こうに思われちゃうんだよ！)

コンサルタントは、専属契約というわけではない。数ある取引先のひとつに過ぎないのだ。弱気な態度を見せていたら、どんどん仕事が遅れてしまう。

「わかりました。じゃあ、私が直接——」

いつも通り「自分でやる」と言いそうになって、思わず言葉を呑み込む。

ふと、今朝言われたアラヤマツミの言葉を思い出したのだ。

いきなり経理課から異動してきて、慣れない仕事に勝手がわからず困っている可能性もある。面倒くさがらず、課の先輩としてケアしてあげるべきなのかもしれない。

「か、課長、あの——差し出がましいようですが」

「飯田〜！　二番、フォーマルデータバンクさんから電話！」

後ろから八幡の声が飛んできて、朋代は慌てて振り返る。

「わ、わかった！　今出る」

（まあ、いいか。どうせ言ったところで、聞きやしないだろうし）

ちまたでは、年下の部下から仕事を教えてもらうことを嫌がる上司は多いと聞く。年配者としてのプライドに傷がつくからだろう。

今までの態度からして、課長もそんな感じがした。朋代がアドバイスしたところで聞き流すに違いない。

（仕方ない。コンサルタントへの催促は、私がやろう）

朋代は心の中で呟きつつ、デスクに戻って電話に出た。

そして通話が終わって、ふぅと息をつきながら受話器を戻すと、隣の八幡が声をかけてきた。

「ね～、知ってる？　あの課長さ～。経理課で噂が立っていたんだって。なんでも、ロリコンなんだとか」

「うげ、まじで？」

あからさまに嫌そうな顔をした朋代に、八幡が頷く。

「女子高生の写真をニヤニヤしながら見てたんだって～」

「ぎえぇ、つらい。ヤメテ……痛すぎる」

人の性癖に文句を言いたくはないが、さすがにロリコンは生理的嫌悪が勝ってしまう。

「ほんと、こっちの課に異動したのは、経理課から厄介払いされたとしか思えないよ」

「やめてよもう。はあ、愛しの成本先輩カムバック〜」

朋代は頭痛を覚えて頭を抱える。成本とは、前課長だった女性社員のことだ。新卒で入社した朋代を教育してくれた恩人であり、朋代が尊敬している先輩である。今は部長に昇格して、大阪支社で働いているはずだ。

「ふふ、いっそのこと今の課長を蹴落として、自分がその椅子を狙ってみたらどう？」

「そこまでのハングリー精神があったらいいんだけどね。意外かもしれないけど、私はことなかれ主義なのです」

朋代は八幡に苦笑いして言ったあと、黙々と自分の仕事を再開した。


——午後、十一時。

それまで仕事をしていた朋代は手早くデスクを片付けて、残業組に挨拶したあと、フロアを出る。

まずはアラヤマツミとハガミと合流しなければならない。朋代がエレベーターホールに向かうと、廊下に設置された自販機の近くから「朋代、朋代」と声がした。

見れば、自動販売機の陰にアラヤマツミとハガミがいるではないか。

「ふたりとも、こんなところにいたの？」

朋代は目を丸くした。すると、アラヤマツミが怒ったようにビュッと鎌首を伸ばす。

「屋上は！　寒いのじゃ！」

「あ」

そういえば、アラヤマツミは寒いのがなにより苦手なのだ。

「ごめんごめん。さすがに夜の屋上は寒かったよね」

「危うく冬眠してしまうところであったわ」

ぷんぷんと怒るアラヤマツミの近くで、ハガミが困ったようにため息をつく。

「眠りに入ろうとするアラヤマツミ殿は、まるで彼岸の国に導かれるような安らかさだったぞ。我が慌てて引き戻したが」

「わあ……ピンチだったんだね」

「まったくじゃ。ほれ行くぞ。我はとっとと家に戻ってぬくぬく引きこもりたい！」

情けない望みを口にするアラヤマツミに、朋代は呆れた顔をする。

「まあいいけどね。ヨツイチのお化けの時間まで、あと五分くらいかな」

腕時計を確認しながら言う。いつも通りなら、もうすぐ悲鳴が聞こえるだろう。

「課長があの声を聞きさえしたら、さすがに動くと思うんだけど……相変わらず、定時ちょっきりに帰るんだよね」

サービス残業はあくまで朋代の意思でやっていることなので、他人に強要するわけにはいかない。だが、せめてもう少し、朋代の話を親身に聞いてくれてもいいのではないか。

「私、期待しすぎているのかなあ」

どうしたものかと、自販機の前でぼんやりと考え込んでいると——いつものあの声が、どこからともなく聞こえてきた。

『びゃあぁあああ。びゃぁあああ』

「来た!」

朋代が腕時計を確認すると、やはり針は十一時十一分を指している。今夜も一分の違いもなく、不気味な悲鳴が朋代の耳に届いた。

「ふむ、興味深い。声は外から聞こえておるようじゃのう」

「こっちだな」

アラヤマツミがにょろにょろと朋代の腕に巻き付き、ハガミは朋代の肩に乗って翼で方向を指し示す。

連れていけということらしい。

「自分で歩きなさいよね……」

ぶつぶつ言いながら、朋代はハガミの言う方向に歩いた。そこは廊下の奥――かつて投身自殺があったと言われていた、曰く付きの窓だ。

「この窓、昔は、換気のために半分だけ開いたらしいけど、いろいろあって、開かないようにしたんだって」

よくよく窓を見ると、確かに、窓枠の端に取っ手があった。反対側の窓枠は、かつてそこにクレセント錠があったことを示すように、ネジ穴がふたつ残っている。

一応試しにと、取っ手に手をかけて開こうとしたが、窓はびくとも動かなかった。

「やっぱり、開かないようになっているね」

「ふむ……だが、わずかに風の流れを感じる。元は開く窓だったのだから、塞ぎきれない隙間があるのだろうな」

ハガミが窓を観察しながら言う。

「……ということは、もしかして、声の正体はやっぱり隙間風？」

期待を持って朋代は尋ねた。不気味な声の正体が隙間風だったのなら、これ以上ない朗報だ。原因がわかってしまえば、もう怖がらなくて済む。隙間は早急に塞いでほしいところだが。

しかし、朋代の期待を裏切るように、アラヤマツミが「いや」と首を横に振る。

「これは間違いなく肉声よ。声に乗って、その人間の感情も我の耳に届いておる」

首をぴょこぴょこ動かして、アラヤマツミが言った。

「ぎええ、やめてよ〜！　せっかく隙間風ということにして納得しようとしていたのに！」

「そんなこと言われてものう……。この声の感情は、うーむ、喜び？　そして幸せ。非常に前向きな気持ちが伝わってくるぞ」

「……どういうこと？」

怖がるあまり、その場にうずくまったまま朋代は首を傾げる。

この声の正体が自殺した幽霊のものなら、恨みや憎しみ、悲しみといった、後ろ向きな気持ちが伝わってくるはずではないだろうか。

「さっきほどではないが、まだ声は聞こえているぞ。どうやら上の階みたいだな」

ハガミが朋代の肩に乗ったまま、顔を上げて窓の向こうを睨む。

「上の階……屋上ってこと？」

四十八階の次は四十九階だ。しかし、その階はビル全体のメンテナンスルームで、実質立ち入り禁止になっている。つまり、外から声が聞こえるということは、屋上しか考えられない。

朋代は慌ててエレベーターに飛び乗って、五十階の屋上に向かった。

――ギィ、ギギギ。

重苦しい鉄製のドアを開けると、そこは屋上。

秋らしい冷たい風が、朋代の頬をさっとかすめる。

白く輝く月と、まばらに見える星たち。照明は出入り口の壁についた赤い防犯灯だけだったが、今日は月が明るいから、屋上全体が見渡せた。

「へえ、夜の屋上って、なかなかロマンチックかも」

月の光を浴びる芝生は、どこか幻想的に見える。

ちょっとしたデートスポットみたい……などと、朋代が暢気なことを考えていると、視線の先に人の影のようなものが見えた。

「えっ」

驚愕した朋代はもう一度しっかり先を見つめる。

白い月明かりが映し出す、夜の屋上庭園。その明かりがスポットライトのように、ひとり立っている人を。……いや、踊っている人を照らしていた。

「は？」

遠目ではよくわからない。朋代は意を決して近づく。

すると、その踊っている人物は——。

「か……課長⁉」

間違いなく、今年の春に異動してきた弱気でやる気のない課長だった。

「飯田さん！　なぜこんなところに⁉」

課長の足元にはスマートフォンが置かれていて、そこから明るい歌声が止めどなく聞こえてくる。

「い、いやその……どこから突っ込んだらいいのか……」

どうして定時に帰ったはずの課長がここにいるのか。そしてこんな夜中の屋上でなぜ踊っているのか。足元のスマートフォンから流れる歌はなんなのか。

朋代が心底困惑していると、後ろから「ふぅ」とため息が聞こえる。

「仕方がない。我らが話を聞いてやるとしようか」

「えっ？」

朋代が振り向くと、いつの間にか、アラヤマツミとハガミが人間の姿になっていた。

なにを隠そう、このふたりは人間に変化できるのである。

ちなみにアラヤマツミは長い黒髪が似合う美形男性で、やたらと着物が似合っている。そしてハガミは黒い作務衣を着込んでおり、荘厳な顔つきに白髪交じりの短髪男性といった外見をしていた。

「えっと、君たちは？」

課長が困惑した表情で尋ねた。するとアラヤマツミがふふんと腰に手を当て、胸を張る。

「我らは朋代の保護者である。最近、あまりに朋代の帰りが遅いのでな、心配になって見に来たというわけだ」

「ちょっと誰が保護者よ、誰が」

すかさず朋代が文句を言うが、意に介さずハガミがずいと前に出た。

「察するに、そなたが『ヨツイチのお化け』の正体と見たが。いかがか？」

「へ……僕がヨツイチのお化け？　ど、どういうことだよ」

課長はまったく覚えがないらしい。アラヤマツミは腕を組み、穏やかな口調で言う。

「謎の解明をするには、まず、そなたがここでなにをやっていたか。聞く必要があるようだな？」

普段は毛布に包まってのんびりテレビゲームをしているだけのぐうたら神様だが、一応威厳はあるらしい。

その有無を言わせない問いかけに、課長はうぐっとたじろいた。

「そ、その……だな。歌を、歌っていたんだ」

「歌ですか？」

「そう。この歌……を」

課長は足元に置いていたスマートフォンを拾って、朋代に聞かせる。

それは、あまり芸能界に詳しくない朋代でも知っているほど有名な、国民的アイドルの歌だった。

「えっとこれ『はなやかプリンセス』の歌ですよね。歌のタイトルは知りませんけど」

「君は僕より若いだろう!?　どうして『めいっぱいキュン恋しよっ☆』を知らないんだ！」

「私はアイドルに興味ないし、歌はバンド系が好きなんです！」

怒りを露わにする課長に、朋代は思わず怒鳴ってしまう。

「えーっと、つまり……あの気味の悪い不気味な声は、課長の歌声だったっていうこと？」

「飯田さん酷いぞ！　気味が悪いだの不気味だの、失礼だ！」

「課長の音痴レベルのほうが酷いです！」

ふたりが不毛な言い争いを始めようとするのを、アラヤマツミが「まあまあ」と涼しい顔で止める。

「まあ確かに、音程は外れていたがのう」

「その歌声が風に乗って、四十八階の窓の隙間から流れ込んだのだろう」

アラヤマツミの後に、ハガミが予想を口にする。ようやく長きにわたった疑問が解消されて、朋代は力なくその場にへたり込んだ。

「なんだ……もう、人騒がせな……」

思えば、ヨツイチの悲鳴は今年の四月の後半から始まった。課長が異動してきた時期とも一致する。

「僕は、純粋に歌っていただけだ。君が前から言っている奇妙な声のことも、まさか自分のこととは思わなかった。実際に、午後十一時十一分になっても、不気味な声なんてちっとも聞こえなかったし」

「それは課長が歌ってたからですよね。そりゃ、何度言っても取り合ってくれなかったわけだわ……」

はあ、とため息をついて、朋代は額を手で押さえる。

朋代は何度も課長に『夜中のオフィスで奇妙な声が聞こえる』と報告していたのだ。その度に課長は『単なる隙間風だ』だの『気にすることじゃない』だのと、まともに取り合ってくれなかった。朋代は課長のやる気がないだけだと思っていたが、違っていた。

「だいたい、なんでこんな夜中に、屋上で、歌なんて歌って踊っていたんです？」

まったくはた迷惑な話である。朋代が呆れ口調で尋ねると、課長は「うっ」とたじろいた。

「朋代の上司よ。黙っていても、なんの利にもならぬと思うぞ」

アラヤマツミが落ち着いた口調で諭す。

「そうだな。むしろ申し開きの好機ではないか。そなた、この時間まで社内にいたということは、つまり……それまで仕事をしていた、ということなのだろう？」

静かなハガミの問いかけに、課長が「しまった」と言わんばかりの表情をして顔を上げる。

「え……、そうなんですか？」

朋代が驚きに目を丸くすると、課長は観念したようにかっくりと項垂(うなだ)れる。

「そうだよ。僕は……定時に帰ったふりをして、ずっと別の場所で仕事をしていたんだ。この下の階……つまり、四十九階でね」

「ち、ちょっと待ってください。四十九階って、このビルのメンテナンスルームですよね？」

「そうだよ。四十九階にはメンテナンスを行うスタッフ用の休憩室があってね。僕はそこで残った仕事を片付けていたんだ」

朋代は心底不可解な表情をする。

「な、なんでわざわざ、そんなところで隠れるように仕事してたんですか？　残業なら、普通にオフィス内でやればいいじゃないですか」

「……上司が残業すると、部下が帰りにくくなる。……と、本で、読んだから」

ボソッと言った課長に、朋代は目を丸くする。

「え……」

「まあ、君を含めて、リサーチ課のメンバーは、僕が帰ろうが居残ろうが残業していたと思うけどね。それでもなかなか皆と一緒にできなかったのは……僕の残業を隠していたかったからだ」

課長は俯き、手に持っていたスマートフォンをぎゅっと握りしめる。

「僕は、去年まで経理課の課長として働いていた。でも、隠していた趣味がうっかりバレてしまって、経理課の中で孤立してしまったんだ。それで、異動することになったたんだよ」

スマートフォンから止むことなく流れているのは、人気のあるアイドルグループの歌声。

「もしかして、課長の趣味って……」

「もちろん『はなやかプリンセス』だよ。ファンクラブの抽選で当選したツーショット券……。その写真をこっそり眺めていたら、課の女性社員に見つかってしまったんだ」

うかつだったと、心底後悔した様子で、課長が白状する。

朋代は今日八幡に聞いた噂話を思い出した。

課長が『ロリコン』という噂。経理課で、女子高生の写真を眺めていたという。

「あれは、そういうことだったんだ……」

ようやく全てに納得できた気分だ。そして、自分はずいぶんと課長を誤解していたんだな、と密かに反省してしまう。

「それにしても、どうして残業を隠していたかったんですか？」

最後の疑問を口にすると、課長はスマートフォンを操作して歌を止め、朋代に顔を向ける。

「君も思っていただろうけど、僕は、仕事をこなすのがどうにも遅くてね」

つらそうに目を伏せる。秋の夜風が吹いて、彼の少ない髪の毛が寂しげに揺れた。

「リサーチ課はクライアントやコンサルタントと様々な打ち合わせをするし、時には強気でいかないといけないこともある。でも、長年経理課で数字と睨めっこしていた僕は、そういった交渉事が苦手だし、集計したアンケートを元に企業戦略を考えろといきなり言われても、そんなことできるわけがない」

それは、当たり前といえば、当たり前の話だった。

経理課とリサーチ課。仕事の分野がまったく違う。しかし、趣味がバレて居場所を失い異動したという経緯から、課長は言い訳も口にできなかったのだろう。

「とにかく仕事の勉強をしなくちゃいけないと思って、本を読んだり、勉強会なんかにも参加したり、いろいろしてたけど……やっぱり慣れない仕事は時間がかかって。でも、部下に迷惑をかけたくなかったから、隠れて残った仕事を片付けていたんだ」

今朝、アラヤマツミやハガミが口にした言葉が蘇る。

部下として、朋代がすべきこと。課の先輩として上司に言わなければならなかったことがあったのに、どうせ言っても無駄だとか、教えるのが面倒くさいとか、様々な理由をつけて行動しなかった。

（一言『教えてくれ』って言ってくれたらいくらでも教えたのに……。でも、それが言

えないところが『おじさん』なのかも）

　朋代は密かにそう思う。

「じゃあ、残業の最中、屋上で歌っていたのは？」

「ひとりで寂しく仕事をしていると、どうしても心がすり切れそうになるんだ。だから、いつも十一時にタイマーをかけて、その時間になったら気分転換に屋上に出て、歌って……踊っていた」

　朋代は「はあ」と力の抜けた相づちを打つ。

　本当に心の底から人騒がせな人だと思った。しかし、そうしないとやりきれないほど、課長は追い詰められていた……ということなのだろう。

　とりあえず、これからどうしたものかと朋代が悩んでいると、課長はいきなり顔を上げて、拳を強く握りしめながら大声を出した。

「どうせ僕は、五十歳にもなって若いアイドルに夢中になってる変人だよ！　でも、僕は誓って劣情なんて抱いていない。そんな感情を抱いてよい存在じゃないんだ。だって彼女たちは、僕の『明日』だから！」

　朋代はいつになく情熱的な課長の勢いに押されて、一歩二歩と身体を引いてしまう。

「思えば五年前。デビュー当時の『はなやかプリンセス』はいわゆる地下アイドルだった。僕は、駅前のショッピングモールで彼女たちの歌声を聞いて……感動のあまり、涙が出たんだ」

うっとりとした目で自分語りを始めている。秋の寒空の下、これは長くなるのかな、と朋代は心配になった。

「きらきらと輝くような若いエネルギー。懸命に歌い上げる若者の美しさ。笑顔はグループ名の通りに華やかで……まるでお花の妖精、お姫様だった。なんのために生きているのかわからず、結婚もできないまま五十になってしまった僕は、『はなやかプリンセス』に明日を生きる希望の光を見つけたんだ」

「は、はあ。なるほど……明日を生きる希望の光……ですか。なかなかヘビーですね」

どうやら課長はロリコンではないようだが、アイドルに向ける感情がやけに重苦しい。

その時、朋代の後ろで「うむっ」と嬉しそうに同意するアラヤマツミの声が聞こえた。

「よい心がけじゃ。つまりそなたにとって『はなやかぷりんせす』は、神を崇めるが如く、信仰の対象になっておるわけじゃな」

「信仰！　そうかもしれない。『はなやかプリンセス』の歌を聴いていると、元気になれるんだ。彼女たちが頑張ってるのを見ていると、僕も頑張ろうって思える」

自分の気持ちに同調してくれる存在が嬉しいのか、課長はアラヤマツミに近づき、力説する。

「なにかを尊いと感じ、崇拝する。それは人が持つ最も美しい感情だ。その信仰対象が正しい存在であるほど、人の心は成長し、徳を積み上げるのだから」

ハガミもうんうんと頷き、厳かな声でもっともらしいことを言う。

「き、君たちにも、そういう人がいるのかい？　推しアイドルがいるとか？」

「いや、我はむしろ崇拝されるべき者であるのだが……まあ、それはよかろう。そなたは、純真になにかを尊ぶ気持ちを忘れてはならんぞ」

「うむ。おぬしはもっと堂々と生きるべきだ。信仰を大切にしているのは恥ずべきことではない。神仏を崇める者が、その信仰を隠さぬようにな」

アラヤマツミとハガミが諭すように言うと、課長は感激したようにぷるぷると震え、幸せそうな表情で涙ぐんだ。

「僕のアイドル好きを……そんなふうに言って認めてくれたのは、あなたたちが初めてだよ」

「い、いや～その、このふたりの意見は話半分に聞いたほうがいいですよ。なんというか、独特の価値観を持ってるので」

かたや神様、かたや天狗。人間の物差しで測れるような価値観ではない。

「ありがとう。僕は、自分の趣味が世間的に受け入れ難いものだと思ってずっと隠していたけれど、この気持ちは決して邪なものじゃない。『はなやかプリンセス』を応援することに誇りすら覚えているんだ。僕はもっと、胸を張って生きるよ！」

「その意気じゃ！　そなたの気持ちはとても美しいぞ」

「これからは布教するつもりで生きるがよい。教えを広めるのも、立派な徳だ」

課長の勢いに便乗するように、アラヤマツミとハガミが盛り上がる。

「こらこら、焚きつけない」

ひとり輪の中に入らず、少し離れたところからツッコミを入れる朋代。

「布教……！　それ、とってもいい案だよ。そうだ、僕は『はなやかプリンセス』がどれだけ素晴らしいアイドルなのかということを、会社の皆に教えていこう。それじゃあね。飯田さんお疲れ様。また明日！」

すっかりその気になった課長は今までにないほどの笑顔を見せて、上機嫌な様子で屋上を後にした。

残された朋代に、ぴゅうと冷たい風が吹きつける。

「なんなの……あれ」

ぼそっと呟くも、朋代の呟き声に応える者はいない。

「彼もすいぶん生きる気力が湧いたようであるし、きっと明日から仕事ぶりにも影響が出るだろう。今度こそ、課長には優しく接してやるのだぞ、朋代」

「うむ。年配には親切に、だ」

「もう～、ふたりは私のお父さんか！　言われずとも、聞かれたらちゃんと教えるよ」

アイドルの布教もいいけど、これからは、夜中にこそこそと別室で残業などしないでほしい。今年から入った新参者とはいえ、課長はリサーチ課の一員なのだから。

「さて。すっかり遅くなっちゃったね。私たちもそろそろ帰ろうか」

ヨツイチのお化けの怪異の正体は、アイドル好きおじさんの音痴な歌声。そうとわかれば、もう怖いものなんてない。

「では、我らは先に、空から帰るとしよう」

人間の姿からカラスの姿に変化したハガミは、同じく蛇姿に戻ったアラヤマツミの胴体をワシッと趾（あしゆび）で摑む。

「安心したらお腹すいてきちゃったな。はーくん、夜食お願いしていい？」

「任せるがよい。それではな」

ハガミが黒く大きな翼を広げて、夜空に舞い上がる。

「帰り道も気をつけるがよいぞ～」

アラヤマツミが空から声をかけて、ふたりはあっという間に去っていく。

それを見届けて、朋代は「ふぅ」と息をついた。

「さて、私も帰ろ」

うちに帰ったら、ハガミのおいしい夜食とお酒が待っている。朋代が足取り軽く屋上から出ていこうとすると——。

『ぴゃぁ……ひゃぁぁ……』

ふと、声がした。

朋代の足が自然と止まる。課長はすでに帰ったあと。ハガミはアラヤマツミを摑んで空を飛んでいった。

なら、この不気味な声は。男とも女ともわからない声は、どこから?

聞こえなかったふりをしてそのまま帰ってしまえばいいのに、怖いもの見たさなのか、朋代はつい——後ろを振り向いてしまった。

しかし、そこには誰もいない。

当然といえば当然の話だ。白い月明かりの下、深夜の屋上に佇む（たたず）のは朋代ひとりだけ。

「は、はは。やだなあもう」

朋代は照れ交じりに頭を掻いた。きっと怖いという気持ちが強かったあまり、風の音かなにかと聞き間違えたのだろう。

だが、なんとなく屋上を見ていたら、妙な違和感を覚えた。

屋上の角。落下防止のために立てられたフェンスの向こう。

朋代は白い手のようなものが見えた気がした。

気になって、思わず目を凝らしてしまう。

『ぴゃぁ、ひゃ、あぁあ、ひひ』

次ははっきり聞こえた。若い女性の声だ。そして、屋上の端を摑む白い手がゆっくりとこちらに向かって広がって――。

「ぎゃー！」

朋代は叫び声を上げながら屋上のドアをバンッと閉め、階段を使ってばたばたと四十八階に降りる。

そして、帰り支度をしている八幡に泣きついた。

「あれっ、飯田。帰ったんじゃ」

「いいい、今！　屋上、悲鳴、女の人の、手が！」

「ちょっと落ち着いて」

八幡がポンポンと朋代の背中を叩く。何度か深呼吸した朋代は、先ほど屋上で見たことを全て話した。

「へぇ～あの課長がねえ。ロリコンじゃなくて単なるアイドルオタだったんだ。そんで、白いお化けを見たと？」

「そそそ、そう！」

朋代としては『見間違いだよ』と笑い飛ばしてもらいたかった。そうすれば、自分もそうだと思い込むことができる。

だが、八幡はそんな朋代の期待を裏切るように、ニヤッと笑った。

「飯田。とうとう見ちゃったね～」

「どっ、どういうことよ」

「昔、四十八階から投身自殺した人ね、若い女の人だったんだって」

びきっと朋代の身体が固まった。

「あはは～ご愁傷様。でもまあ、ヨツイチのお化けの正体がわかったのはよかったね。確かに私も、仕事が遅い課長に冷たかったかもしれない。明日から、私もサポートに回ってみるね」

「…………」

「おーい、飯田？　大丈夫か～？」

八幡がパタパタと目の前で手を振るも、朋代は驚愕の表情のまま動かない。

(え、アレ、本当に？　本物の……幽霊？)

卒倒しそうになるのをなんとか堪えて、朋代は帰路についたのだった。


「はぁ～」

へろへろな足取りで朋代が家に帰ると、夜中の零時を過ぎているというのに、玄関には朋代のものではない靴がふたり分、揃えて置いてあった。

「あれ？　この靴は……」

見覚えのある、紳士用と婦人用の黒い革靴。朋代はパッと表情を明るくした。

「おかえりなのじゃ～」

「おかえりなさい。夜中にすみません。少しお邪魔しています」

玄関まで朋代を迎えに来たのは、アラヤマツミと、落ち着いた雰囲気を漂わせるビジネスーツの男性。

「ただいま。河野さん、こんな夜中にどうしたんですか。なにか事件でもありました？」

靴を脱ぎながら朋代が言うと、河野は「いえ」と首を横に振る。

「僕たちも会社帰りなんです。アラヤマツミ様とメールでお話していたら、少し寄ってほしいと仰(おっしゃ)ったので、電車を途中下車してお邪魔させて頂きました」

彼の名は、河野遥河(はるか)。

誰もが目を引く美しい顔立ちと、しんと静まった池のような佇まい。目深に被った中折れ帽がトレードマークの河野は、河童という妖怪だ。

若い見た目に反して何百年という年月を生きている。

薬草や民間療法に詳しくて、普段は人間社会に交じって置き薬販売という仕事に就いており、朋代は彼の薦める薬にいつもお世話になっていた。ハガミも、ここに棲みはじめてからは度々河野から料理を学んでいる。

「ごめんなさい～マツミ君が無理言っちゃって。それにしても、私も人のこと言えないけど、河野さんも相当仕事の虫ですね～」

リビングに入ると、ふわりとだしのいい匂いがした。

「こんばんは、朋代さん。違うんですよ。今日は私のわがままに、河野さんが付き合ってくれたんです」

ソファから声をかけられる。そこに座っていたのは、素朴な雰囲気のあるおとなしそうな女性だ。

「麻里ちゃん～！　こんばんは。えっとわがままってどういうこと？」

「私はそろそろ置き薬医薬品販売士の資格を取らなくてはいけなくて……勉強中なんです。それで、河野さんに先生になってもらっているんです」

朋代は「へ～」と相づちを打って、コートを脱ぎ、ハンガーにかけた。

「お薬を扱うとなると、いろいろ知識が必要だもんね。こんな時間まで勉強お疲れ様」

「ありがとうございます。でも、河野さんにはこんな時間まで付き合わせてしまって、申し訳なかったですね」

麻里がしょんぼりと俯いた。すると河野が麻里のところまで歩いてきて、その肩をポンポンと叩く。

「僕も好きで勉強に付き合ったんだから、気にしないで」

「うう、すみません」

「謝るくらいなら、僕が出したテキストをきちんとこなしてほしいな。宿題の期限は週末までということで」

「わ、わかりました！　頑張ります！」

麻里がビシッと手を上げて敬礼のポーズを取った。朋代はクスクス笑う。

（相変わらずよねえ、このふたり。見ていて癒やされるっていうか）

先ほどの出来事など忘れてしまって、思わずほのぼのしてしまう。

彼女、伊草麻里は河野のアシスタントで、朋代と同じ人間である。

麻里はなんの因果か河野が河童であることを知ってしまい、それ以降、彼を通じてアラヤマツミをはじめとした様々な『あやかし』と交流していた。

おとなしそうな顔をしているが、意外と肝が据わっており、どんな神や妖怪が相手でもひるまず会話をする。そういうところは自分と似ているかな、と朋代は思っている。

彼女は妖怪が持つ悲しみに寄り添うことができるという気質を持っていて、その心優しい気持ちは朋代にとって癒やしである。

ぱたぱたと、台所からスリッパの音が聞こえた。

「明日に支障が出てはいかんからな。夜食は軽いものにした。遥河や麻里も、食べるといい」

いつもの天狗姿に戻ったハガミができたての夜食を用意して、テーブルに並べていく。

「あ、すみません。それではお相伴にあずかります」

「私のぶんまで、ありがとうございます。ハガミさん」

河野と麻里が礼を言い、朋代はテーブルの席に座った。

「これは……豆腐？」

ひとり用の土鍋は温かい湯気が立っていて、サイコロ状にカットされた絹ごし豆腐がぐつぐつと揺れている。

「豆腐粥だ。蓮根も入れているから、食べごたえがあるぞ」

「へえ。なんかカロリーが低そうで、夜食にぴったりな感じがするね。いただきます！」

手を合わせてから、レンゲを手に取る。

豆腐を掬い上げてみると、緑色の葉野菜がとろりとついてきた。

「それは陸海苔だ。刻むと粘り気の出る野菜でな。とろっとした食感だから、食べやすくなっているのではないか？」

朋代はあつあつの豆腐粥に息を吹きかけて、口に運ぶ。

陸海苔の効果で、するっと口の中を通り抜けていく。

中華だしの風味と、香ばしい醤油の後味に、朋代は「おいしい〜」と舌鼓を打った。

「陸海苔、クセのない野菜で食べやすいですね。とろっとした舌触りもクセになりそう。大きめにカットされたレンコンは歯ごたえがあるし、卵で閉じてまろやかな味になってます」

麻里がぱくぱくと豆腐粥を食べながら絶賛する。河野もレンゲで豆腐を掬いながらハガミに微笑みかけた。

「食材がよく考えられていて、すごいです。ハガミさんはすっかり料理上手になりましたね」

料理を教えたほうとしては嬉しいのだろう。河野はすこぶる笑顔だ。

ハガミは照れくさくなったのか、ぷいと横を向いて長い鼻の頭を掻いた。

「本当は、あまり深夜にものを食べるべきではないが……豆腐粥なら、消化もいいし明日まで残らないだろう。身体も温まるしな」

「うんうん。豆腐は罪悪感なく食べられるから、嬉しいね～」

朋代はあっという間に平らげてしまった。中華風の味付けに、ほんのりショウガのアクセント。そして刻み海苔の香ばしさ。身体に優しくておいしい、絶品だった。

ハガミは本当に料理上手だなあと感心していると、テーブルからひょこっとアラヤマツミが顔を出す。

「さてさて、我もそなたらを労おうかの」

そう言うと、しゅるしゅるとテーブルの上にやってきて、水の入ったデキャンタに近づく。そしてグラスに身体を巻き付けるや否や、するっとそれから離れた。

朋代は「ありがとう」と礼を口にしてから、デキャンタを両手に取り、三つのグラスに注いだ。

そしてこくりと飲み込むと、水であったはずの液体は、芳醇な香りのする日本酒に変化していた。

「は〜、マツミ君のお酒、おいしい！　今日はあっさり淡麗の、辛口だね」

「豆腐粥に合わせたのじゃ。寝しなの酒は、軽やかな味わいのほうが睡眠の邪魔をせずに済むだろう」

アラヤマツミの言う通り、酒はあっさりと飲みやすく、心地いい酔いをもたらした。

これは、彼が神だからなしえる業である。アラヤマツミは、水を酒に変えてしまう不思議な力を持っているのだ。しかも神の酒らしくアルコール度数はゼロで、身体への悪影響はまったくない。それなのに、ほどよい酔いをもたらしてくれる、まさに魔法のお酒だ。

アラヤマツミと共同生活をしている朋代が、もっとも御利益を感じている部分である。

「アラヤマツミ様のお酒、久しぶりにいただきましたけど、相変わらず美味ですね」

朋代に倣ってクイッと飲んだ河野が幸せそうな顔をする。

「はぁ〜もう、私は、この瞬間のために生きている……っ！」

朋代はデキャンタからおかわりを注ぎながら、しみじみ言った。仕事は忙しいけど。

残業も多いけど、ハガミのごはんとアラヤマツミの酒があれば乗り越えられる。耐えられる。ふたりがいなくなったら、自分はたちまち日干しになってしまう気がする。それくらい、この不思議な同居人には感謝している。

「ちょっと朋代さんが羨ましくなりますね。ハガミさんは上手に料理できるし、アラヤマツミ様は素敵なお酒を造ってくれますし」

はあ、と気の抜けたようなため息をついて、グラスを空けた麻里が物欲しそうな目で朋代を見た。

「ふふん、あげないよ。なんたって私の生命線だからねっ！」

「朋代の場合、冗談ではないと思うぞ。朋代の家事力のなさは、我でも引くくらいであるからな」

「ぐうたら神様に言われたくないっ！」

朋代がビシッとツッコミを入れると、麻里は「あははっ」と笑った。

「そうだ、聞いてよ麻里ちゃん、河野さん！　実は今日うちの会社であったことなんだけど……」

酒のツマミ代わりにちょうどいいかもしれない。

朋代は『ヨツイチのおばけ』を巡る一連の出来事をふたりに話した。

「……結局、お化けの正体は課長だったわけだけど、私、春からずっとあの声に悩まされていたのよ。このムカムカした気持ち、どこに投げつけたらいいのかわかんないよ～！」

　朋代はわめきながら、アラヤマツミの酒をおかわりする。どう見ても絡み酒をする酔っ払いそのものである。

　麻里は「そんなことがあったんですね」と目を丸くする。

「うちの会社では、そういう怪談って聞かないですね。朋代さんが勤めているオフィスビルと比べたら、規模がぜんぜん違いますけど。河野さんは心当たりあります？」

「会社ではないけど、配置薬を置かせてもらっているお客さんからはいろいろ面白い話を聞くよ。トンネルの幽霊話とか、取り壊し寸前の廃屋から恨み声が聞こえたとか」

　河野がなぜか楽しそうに話すので、朋代と麻里は揃って「やめて～！」と制止する。

「でも、怪談話のほとんどは、きっと朋代さんが体験したような顚末なのかもしれないね。取り壊し寸前の廃屋は、そこに人が住み着いていただけってオチだったし」

「そ、それはそれで、警察沙汰ですよね」

　麻里は困った顔で、唇を引きつらせた。

「幽霊話か～。実は私、屋上で変なものも見ちゃったんだよね……ううっ、忘れよ忘れよ！」

　ぶるっと震えた朋代は、勢いよく酒を飲み干した。すると、ハガミとアラヤマツミが不思議そうに首を傾げる。

「変なもの、とは？」

「なにか見たのかの」

　ふたりが尋ねるので、朋代は渋々といった様子で話し始めた。

「実はさ……気のせいだと思いたいけど、あれから屋上で変な声と女性っぽい手を見つけたんだよね」

　朋代が説明すると、アラヤマツミは「なんだ、そんなことか」と、特に驚いた様子も見せず、金色の瞳を柔らかく揺らした。

「霊くらい、朋代の職場でなくとも、そこらじゅうにいるであろう」

「悪に堕ちた妖怪のなれの果てや、恨み憎しみをまき散らす怨霊なら我も危惧するが、地縛霊くらいなら、目立った悪さもしないし構うまい」

「構うわ!!」

　朋代は飲みかけのグラスをテーブルに置いて、ふたりに怒る。

「え、待って。まさか、あの屋上に本物のお化けがいるの、気づいていたの？」

「お化けではなく、この世を彷徨う霊魂だったが……確かにいたな」

さもなんでもないことのようにあっさりとハガミが肯定するので、朋代の顔色はサッと青くなる。

「朋代さん、大丈夫ですよ。基本的に霊はなにもしませんから。怨霊は危険ですけどね」

河野が穏やかな笑顔でフォローしたが、麻里は強張った顔でぷるぷると首を横に振る。

「河野さん、それぜんぜん安心できないです。っていうか河野さんも霊とか見えるんですか!?」

麻里が驚愕の声を出すと、河野は「今さらそれを聞くの？」と言った。

「別に言う必要はなかったから言わなかったけど、神や妖怪は、人に見えないものが見えるんだよ。けれど、単なる霊はぜんぜん怖くないけどね。むしろ怖いのは怨霊……」

「わーっ！　もう言わないでいいです。ひとりで帰れなくなっちゃうじゃないですか！」

麻里が泣きそうな顔をした。朋代もまったく同じ気分である。泣きたい。

悪さするとかしないとか、そういう問題ではないのだ。純粋に幽霊が怖いのである。

「しかし、特に悪さをしようという気配はなかったぞ。おそらくは、夜な夜なあの男が屋上で歌うから、気になって顔を出したのであろう」

特に問題ではない、と言わんばかりにアラヤマツミが笑う。

「いやいや、あの会社に幽霊がいるだけで、私にとっては十分大事件です。だってあの霊、課長と同じように歌ってたよ。ぴゃぁって」

「ほほ。きっと歌声を聞いて真似したくなったのだろう。屋上が元の静寂を取り戻せば、自ずと幽霊も落ち着こうて。ああいうのは放っておくのが一番じゃ」

「朋代はやけに幽霊を怖がるが、霊なんぞあちこちにいるぞ。たとえば駅なんて、線路にうじゃうじゃと――」

「ぎゃー！　やめて！　電車に乗れなくなる！」

耳を塞いでイヤイヤと首を横に振る。

神と妖怪とは、二度と幽霊の話はするまい。

朋代はしかと心に決めたのだった。

仕事においては隙がなく、やるべきことがどんなにあってもテキパキこなすが、プライベートになると途端に残念女子になってしまうのが、飯田朋代という人間である。

(うわ、お弁当忘れちゃった)

職場で正午のチャイムを聞いてから、朋代は重大な忘れ物に気が付いた。

(悪いことしちゃったなあ。はーくん、怒ってるかな)

しょんぼりしつつ朋代はスマートフォンをポケットから取り出した。そして、メッセージを打ち始める。

『ごめんね、お弁当持ってくるの忘れちゃった。今夜の夕飯にするから、台所に置いといてください』

メッセージの宛先はアラヤマツミである。気が遠くなるほど大昔から存在している山の神様は、なぜかインターネット関係にとても詳しいのだ。趣味がゲームとインターネットサーフィンというのも驚きである。ネット接続が途切れたら、途端に抜け殻のようになってしまいそうだ。

朋代が謝罪のメッセージを送ると、すぐにピコンと返信が届いた。

『無論、把握している。今、ちょうど持っていくところだ。屋上で待っているがよい』

実に流暢な返信である。蛇姿のアラヤマツミがどうやって文字を打っているかというと、これが頭突きなのだ。彼は頭でフリック操作するし、ゲームのコントローラーも頭突きである。

頭突きしてたらメッセージの文面やゲーム画面が見えないのではないかと普通は思うが、アラヤマツミには『心眼』という神様らしいスキルがあって、視界に頼らずともあらゆる物事を視ることができる。

便利そうだなと思う半面、文字を頭突きで打つ蛇の姿は、朋代から見るとなかなかシュールである。

(それにしても、屋上で待っているがよいって、もしかして直接ここまで届けに来るつもりなの？)

メッセージの文面を見ながら考えた朋代はハッとして、慌てて椅子から立ち上がる。

「しまった！　あんなの、どこから見ても目立つ！」

つい一週間ほど前、朋代はお化け騒動でアラヤマツミとハガミを連れて屋上に行った。

しかしあの時は夜だったので、課長以外誰もいなかった。でも今は真っ昼間だ。天気もいいので、屋上でランチをする人たちもいるだろう。

そんな屋上に、大ぶりのカラスと蛇が現れたら、騒ぎになるに決まっている。

オフィスを飛び出した朋代は、ホールで今か今かとエレベーターを待った。だが、さすがランチタイム。エレベーターはフル稼働で、なかなか四十八階に来ない。

その時、朋代の後ろでエレベーターを待っていた男性社員たちの会話が耳に届く。

「なあ、ちょっと聞いたんだけど、今、屋上に変なカラスがいるらしいぞ」

「カラスなんてどこにでもいるだろ」

朋代は思わずよろけてしまった。

「いやいや、なんでも、足に蛇を巻き付けているらしい」

「はぁ～？」

「しかも、その蛇の胴に巾着袋がぶら下がっているんだってさ」

「どこから聞いた情報だよそれ。そんなオモシロ珍百景、本当なのか？」

間違いなく、ハガミとアラヤマツミがすでに屋上に到着し、朋代を待っているのだ。

（うああ……今すぐ他人のフリして逃げたい。でも、せっかくお弁当持ってきてくれたのに無視するなんてできない～！）

朋代は顔を手で覆う。ようやくエレベーターが到着した。

慌てて乗り込むと、エレベーターの中でヒソヒソと声が聞こえる。

「同僚に聞いたんだけど、今、屋上に――」

「カラスと蛇なんて、マジなの？」

(早くもめちゃくちゃ噂になってる〜！)

弁当を忘れたのは朋代なので、百パーセント朋代が悪い。それはわかっているのだが、二度と弁当を届けるなんて真似はしないでくれと、ふたりに言い含めておかなければ。

(本当に空気を読まないというか、こういうところ、気を遣ってくれないんだよね……。いやいやわかってる。私が悪いのです。もう絶対、忘れ物なんてしないんだから！)

ほどなくエレベーターはビルの最上階に到着した。朋代が屋上庭園に入ると、すでに結構な数の社員たちが思い思いの場所でランチをしている。

そして、彼らが揃ってチラチラと見ているのは――。

(やっぱり)

朋代はガックリと肩を落とした。

広々とした屋上。その一角で、フェンスの上にのっしりと立っているのは大ぶりのカラス。そして、カラスの足に巻き付いた黒い蛇と、その胴にぶら下がる巾着袋。

なるほど、間違いなく珍百景である。

写真に撮って投稿したらテレビで紹介されそうだなあと思いつつ、朋代はよろよろとふたりに近づいた。

ザワッとあたりがざわつき、皆が朋代に注目した。

「…………」

無言で、朋代はアラヤマツミの胴体から巾着袋を外した。

『ほれ、きちんと届けてやったぞ！』

そう言わんばかりに、アラヤマツミがドヤ顔をしているように見えるのは気のせい……ではないだろう。

「ありがと」

ポソッと小声で礼を口にすると、ハガミは大きな翼をバサッと広げた。そしてアラヤマツミを足に括(くく)り付けたまま飛び去っていく。

彼らを見届けた朋代は小さくため息をつき、きびすを返した。

すると、目の前に男性がひとり立っている。

「く、窪塚(くぼづか)さん！　いつからそこに！」

「飯田さん。今、あの蛇からその巾着袋を、受け取ってなかった？」

完全にドン引きした様子で尋ねる男性は、窪塚。朋代が密かに憧れていた会社の先輩である。顔が非常に整っていて、仕事もできる、将来有望な営業主任だ。もちろん社内での人気はダントツに高くて、彼にときめく女性社員は朋代以外にも数多くいる。

（よりにもよって、なぜ窪塚さんに見られてしまったのか……っ！）

痛恨の極みだ。朋代は悩みに悩んだ末に、苦しい言い訳をする。

「えっとその、あれは、実は私のペットでして」

「ペット？　蛇はともかく、カラスを？」

「そ、そう！　はは、ウチに棲み着いちゃって。なんか、仲良くなったんですよね～」

「へえ……カラスと、仲良くなれるんだね、飯田さん」

窪塚の表情は完全に引きつっていた。イケメンも台無しである。

「そうなんですよ！　で、カラスって頭がいいじゃないですか。だからその、芸を教えましてね」

「芸？」

（頼むからこれ以上聞くな～！）

穴があったら入ってしまいたいと思いつつ、朋代はヘラッとごまかし笑いをした。

「はは、その、カラスと蛇がお弁当を届けてくれたら、面白いかな～って思って……はい、そういうわけで、失礼します！」

これ以上の言い訳は苦しすぎる。朋代は逃げるが勝ちと言わんばかりに屋上から走り去った。

「はぁ〜もう、えらい目に遭った」

今夜は説教だと、朋代は心に誓う。頼むから朋代の社会的立場を気遣ってほしい。このままでは、カラスと蛇をペットにしつつ、さらに変わった芸を教え込む変人だと誤解されてしまうではないか。

さすがに屋上でランチする気にはなれず、朋代は四十八階のオフィスに戻って、自分のデスクにつき、巾着袋を開けた。

まず最初に目に入ったのは、白い封筒。

朋代はガサガサと封筒から手紙を取り出し、広げた。

(なにこれ?)

——『お品書き』

「お昼の弁当にお品書きなんて書くな〜!」

思わず虚空に向かってツッコミを入れてしまう。

しかし読まないわけにもいかない。半紙に墨字で書かれたお品書きは達筆で、ハガミらしい威厳がありつつ、文字のひとつひとつに力強さが感じられた。

　朋代はお品書きをデスクの前に立てかけて、弁当箱をぱかりと開ける。

「なになに。薩摩芋（さつまいも）の檸檬（れもん）煮、人参と牛蒡（ごぼう）のきんぴら、豚肉の茗荷（みょうが）巻き、芹（せり）の山葵（わさび）醤油和え……」

　お品書きと弁当の中身を交互に見ながら確認していると、隣に八幡が座った。

「ヤッホー。ここでランチするの？」

「あ、うん。まあね」

「飯田ってさ、カラスと蛇飼ってるってホント？」

　思わず、目の前の弁当に顔を突っ込んでしまいそうになる。朋代はなんとか思い留まり、引きつった顔を八幡に見せた。

「なんで八幡まで知ってるの……⁉」

「用事があって営業部フロアに行ったらさ～、飯田の話題で盛り上がってたんだよ。イケメン窪塚がめっちゃ話してた」

「あのイケメンめ！　許すまじ！」

　密かに憧れていた気持ちが綺麗さっぱり霧散する。人の事情を面白おかしく噂するなんて、まったくスマートじゃない。

（そりゃ、明らかに変だっただろうけどさ～！　話題にしないほうがおかしいかもしれないけどさ～！　そこは黙って口を閉ざすのがいい男なんじゃないの～!?）

心の中でぐちぐち文句を言っていると、八幡がひょいと朋代の弁当を覗き込む。

「そういえば、ずっと思ってたんだけどさ」

「うん？」

「しばらく前から、飯田のお弁当ってずいぶん豪華になったよね。というか、去年の秋くらいまでは、お弁当なんて持ってきてなかったよね」

「うっ！」

痛いところを突かれて、朋代の箸を持つ手が止まる。

八幡の言う通り、以前の朋代はたまにコンビニで弁当を購入するくらいで、ランチはほとんど外食で済ませていた。

しかし今は、毎日欠かさず弁当である。

「しかも、明らかに手作りだし。売り物のお弁当っぽくないし」

「う、うぅ……」

「さては飯田……」

じろりと八幡に睨まれて、朋代はたらたらと背中に冷や汗をかく。言い訳がまったく思いつかない。今さら実家に帰ったなんて嘘も通じないだろう。朋代の実家が地方にあるのは、八幡も知っている。

「男ができたな!?」

「違うわ！」

「じゃあ、男を飼ってる……？」

「不名誉なこと言うな！」

確かに飼っているという表現は当たっていないわけじゃない。だが、八幡は明らかに朋代がヒモを飼ってるように言うので、そこは誤解のないように否定しておきたい。

実際は、家に天狗と神様が棲んでいるのだが……そんなこと、言えるわけがないのだ。

「ふぅうん。じゃあ、自分で作ってるの？　そのお弁当」

「そ、そう。そうなのよ。実はお料理に目覚めましてね」

八幡の予想にこれ幸いと乗っかってみる。だが八幡はすぐさま「嘘ね！」と看破した。

「干物女子頂上決戦、常勝の飯田が、今さら料理に目覚めるとかありえない！」

「ひどっ！　なにその名誉が墜落しそうな頂上決戦」

「百歩譲って酒のアテは作っても、ちまちま弁当を作るタイプじゃないでしょ」

「うおう……めちゃくちゃ見破られてる……」

ぐうの音も出ない。百パーセント八幡の言う通りである。

「ま、まあ、あれよ。確かに料理に目覚めたっていうのは嘘だけど、男はできてないし、飼ってもいない。親切な隣人が作ってくれるだけなの」

これは嘘ではない。隣人でなく同居人だが、別に彼らはヒモでも恋人でもない。ハガミが朋代に料理を振る舞ってくれるのは、彼なりの一宿一飯の恩義なのだ。一宿どころではないが。

「へ〜。それにしても、いつ見ても家庭的なお弁当だよね。ちょっと羨ましい。私にもそんな親切な人が近くにいたらいいのにな〜」

そう言いながら、八幡はコンビニおにぎりのフィルムを剝がす。

彼女が言うとおり、ハガミが作ってくれる弁当はいつも優しい気遣いに溢れていた。お品書きには、それぞれのおかずの効能も書かれている。この弁当もまた、薬膳料理なのだ。

「ふむふむ、薩摩芋や檸檬には疲労回復の効果あり。牛蒡は腎機能を高めて、アンチエイジングの効果が期待される食材か……さすがはーくん、勉強家だなあ」

達筆なハガミの文字を読みながら、朋代はさつまいものレモン煮をほおばる。甘酸っぱい味付けがされたさつまいもはほっくりして柔らかく、素材の優しい甘さが仕事疲れの心までほぐしてくれた。

ごはんは、マイタケやシイタケがたっぷり入った混ぜごはん。ぱくっと食べると、キノコの風味が口いっぱいに広がる。あっさりした塩味で、ゆずの風味が入っているのがなんともにくい演出だ。しかも、満腹感から眠くならないようにと、ごはんは少なめに盛られていて、細かいところでハガミの気遣いが感じられる。

(これだけ気配りできるんだから、お弁当届ける時も、もう少し気を遣ってほしかったけど……。まあ、それだけ私にお弁当を食べてもらいたかったのかもね)

そう思うと、心が温かくなる。

朱色に塗られたお面はいつも厳めしく、牙の生えた口はへの字に曲がっている。まるで鬼に似た、なまはげの赤いお面のような顔をしているハガミ。

彼は元々、人を憎む悪い妖怪だった。

でも、今では心を入れ替えて、穏やかに毎日を過ごしている。

彼曰く、人間に心を許したわけではないけれど……神や自然をないがしろにする人間ばかりではないということは、ちゃんと理解しているようだ。

胡麻の風味が香ばしいごぼうのきんぴら、ツンと爽やかな辛みがアクセントになったセリのわさび醤油和え。

どれもごはんに合っておいしい。朋代はあっという間に平らげて、最後に小さな丸い容器を開けた。

中にはデザートとして、黒色のゼリーが入っている。しかもそのゼリーは、細長い紐状になっていた。

(これ、もしかして……マツミ君型ゼリー?)

お箸で摘まんで持ち上げると、隣でサラダチキンを食べていた八幡がぎょっとした顔をする。

「なにそれ、ところてん?」

「いや、ゼリーみたい。味は……うん、黒蜜だ」

蛇の型抜きなんてその辺で市販されているとは思えない。ということは、アラヤマツミがハガミに頼んで作らせたのだろう。

まるでうどんのようにツルツルとゼリーを食べていると、容器の底にラップで包まれた小さなメモが入っていた。

朋代はラップを剝がし、メモを開く。

――『午後の仕事も精進するのだぞ。今夜は栗ごはんじゃ!』

そんな一言と、蛇が旗を持って応援している絵が描かれていた。

ちなみに墨字なので、これもハガミに書かせたのだとひと目でわかる。

「まったくもう、自分ではなにもしないくせに一端に優しいんだから」

つい呆れてしまうが、そんな朋代の表情は嬉しそうだった。

出会いは唐突だったが、今の朋代にとってアラヤマツミとハガミは、家族も同然だ。

だからこそ、大好きなふたりに仕事を応援されるというのは、照れくささもあるけれど嬉しい。

朋代はデザートも綺麗に食べ終えて、午後も仕事に励んだ。


その日は順調に仕事が片付いて、残業の必要もなかった朋代はルンルン気分で自分の家に向かう。

「今日は栗ごはん～！」

秋の味覚の代表格、栗。もちろん朋代の大好物である。甘く煮ておやつにしてよし、しょっぱく味付けておかずにしてよし、そしてなんといっても栗ごはんだ。

アパートのある駅に降りて住宅地を歩くと、ちょうど夕飯時だからか、あちこちからおいしそうな匂いがした。

(これは肉じゃがの匂いかな？　お魚を焼いている香ばしい匂いもする。なんか、子供時代を思い出すなあ)

久々に早い時間に歩く住宅地は、終電近い夜中とまったく様相が違っていた。

薄暗く、日の落ちかけた夕刻。あちこちの家から漂う夕餉の香り。時々すれ違う、散歩中の犬。

朋代はおてんばな子供だった。毎日、宿題もそこそこに外で走り回っていて、このおいしそうな匂いがし始めたら、急にお腹がすいて慌てて家に帰ったものだった。

ほんのりノスタルジックな気分になりながら、やがてアパートに到着する。

玄関ドアの横にある郵便受け箱を開けると、そこには手紙が一通入っていた。

「ん？」

宛先は、飯田朋代。差出人は、大学時代の同期だった。

「はっ……嫌な予感……」

レターサイズの封筒は純白で、百合(ゆり)の絵が箔押(はくお)しされている。この時点で、中身はほぼ予想がついた。

朋代は心底嫌そうな顔をしつつ、その場でピリピリと封を開ける。

すると中には、結婚式を執り行うという手紙と、返信用はがきが入っていた。

「あぁああやっぱり〜！」

最近、最も来てほしくない手紙第一位になっている、結婚式の招待状。

栗ごはんのテンションはどこへやら、朋代は青ざめた顔をしてよろよろと玄関ドアを開ける。

するると、ふわんと甘いごはんの匂いがした。

「朋代、おかえりなのじゃ！　……と、やけに顔色が悪いが、大丈夫かの？　そんなに仕事が大変であったのか？」

にょろにょろと出迎えてくれたアラヤマツミが不思議そうに鎌首を傾げる。

朋代は靴を脱いだあと、暗い声色で「別にぃ」と呟いた。

「仕事は大丈夫。絶対、落ち込んでなんかいないもん」

「んん？　よくわからぬが、ハガミがとびきりの料理を作って待っておるぞ。我もはりきって水から酒を醸しておいた。今日もお疲れであったな。さあ、身体を休めるといい」

アラヤマツミの労いに、朋代は思わず「うっ」と泣き出しそうになってしまう。

今は、その優しさが心に染みるのだ……。

傷心の朋代がリビングに入ると、台所では割烹着姿のハガミがいそいそと夕食の準備をしていた。

「おかえり、朋代。手を洗ったらテーブルにつくがいい。もう準備は済ませてあるぞ」

「はあ～い」

朋代は子供のような返事をして、洗面所で手を洗い、うがいをした。そしてリビングに戻ると、テーブルには色とりどりの料理が並んでいた。

「うわ～豪華だね」

なんといっても目を引くのは、大きな栗がたっぷり入った栗ごはんだ。

「実は、八百屋の奥方から栗を分けてもらってな。たくさん炊いたから、明日の弁当は栗ごはんのおにぎりを作ろうと思う」

ハガミは週に何度か、人間の姿に変化して近くの商店街で買い物をしているのだ。時々アラヤマツミも人間に変化してついていき、悠々と油を売っているらしい。

「ありがたや、ありがたや、ありがたや」

朋代が席につくと、ハガミはお吸い物をテーブルに置いた。

「山芋の落とし汁だ。山芋は疲労回復の効果があるのだぞ」

「あっそれは聞いたことある。夏バテにいいとかね。今日の夕飯はお上品だね～。んじゃ、いただきます！」

朋代がぱしっと手を合わせると、テーブルに座っていたアラヤマツミがガラスのデキャンタを頭でつついた。

「我が変化させた酒も飲むがよい。今宵はちょいと奇をてらってみたのだぞ」

「ほほう？」

デキャンタには、アラヤマツミが水から変化させた酒がなみなみと入っている。朋代は細長いワイングラスに酒を注ぐ。

そしてゆっくりと飲むと――しゅわっとした炭酸が感じられて、びっくりした。

「わっ、これ。もしかして……スパークリング日本酒ってやつ？」

「うむ！　かねてより試していたのだが、ようやく満足のいく味わいのすぱーくりんぐ日本酒ができあがったのじゃ。普段、我が造っている日本酒よりも甘く芳醇な香りに仕上げるのに難儀したのだぞ」

「うん。すごくおいしいよ。はぁ～幸せ！」

おそらく炭酸水を酒に変化させたのだろう。

日本酒は濃厚な米の甘さが特徴的で、うっとりするほど優しい香りがする。炭酸は飲み心地が爽やかで、するするとグラスを空けてしまった。

「マツミ君のお酒を独占できるって、すごく幸せなことだよね」

「うむうむ、感謝するがよい」

「なにより酒代がかからないのがいいよね」

「そういう即物的なところで感謝されるのは、なんとも複雑じゃ！」

アラヤマツミが不満げにピンと胴体を伸ばすので、朋代はクスクス笑う。

そしてまずはお吸い物を飲み、長芋を口にした。

「ああ〜、ほわほわで柔らかい。品のよい味〜！」

日本人でよかったと心から思える。すり下ろした長芋は口の中でとろけて、昆布だしの効いたお吸い物がじんわりと身体を温める。

「ほんと、はーくんはすごい。料亭の料理人にだってなれるんじゃない？」

「それは褒めすぎだ。これも田舎料理のようなものよ」

言動はいつも偉そうなのに、まっすぐ正直に褒めると、いつも照れ顔になって謙遜するのはハガミの魅力のひとつである。

朱色に塗られた天狗の仮面がさらに真っ赤になっている様は、可愛(かわい)げさえある。

こういうところは、じっくり付き合ってみないとわからない、ハガミという天狗ならではのよさだろう。

朋代は次に、今日の夕食のメインともいえる、栗ごはんをほおばった。

しばらくもぐもぐと咀嚼(そしゃく)して飲み込むと、ぱあっと目がきらめいた。

「ごはんがもちもちしてる！」

「うむ、おこわ風にしてみた。白米ともち米を合わせて炊いたのだ。ちなみに、もち米は身体を温める効果があり、胃腸の動きを活発化させる働きがあるのだぞ。ただ、精力がつきすぎるきらいがあるので、ほどほどに白米を交ぜ、もち米の量を加減したのだ」

「すごい。めちゃくちゃ考えてくれてる……！」

噛み応えのあるごはんは薄味ながらも甘塩っぱく、ほっくりした栗にとても合う。

「そういえば、栗もなんか効能あるの？」

「もちろんだ。栗は稲作が始まる前より人に馴染みのある、歴史の長い食材でな。縄文時代の遺跡にも、栗の化石が見つかるほど親しまれていたのだぞ」

「ほほぅ……」

そんな逸話があるとは知らなかった。朋代がひとりで暮らしていたら、きっと知ることのなかった豆知識だろう。

「栗は栄養価がとても高く、腹持ちがよい。胃腸や筋骨によい効能をもたらし、身体を丈夫にしてくれる。おまけに脂肪分が少ないゆえ、適量であれば太りにくい食材なのだ」

「え、栗、スーパーフードじゃない？」

栄養たっぷりで太りにくいなんて素晴らしい。

「難を言えば……まあ、下ごしらえにやや手こずるところか」

「ああ、確かに面倒だよね。水に浸けたり、鬼皮剥いたり」

朋代がしみじみした口調で言うと、アラヤマツミが意外そうに顔を上げた。

「おや、朋代は栗の皮を処理したことがあるのか？」

「ううん。お母さんが大変そうだったの」

「……ほんに朋代は……料理をやらぬ女よの……」

アラヤマツミが呆れたように言って、力なくとぐろを巻く。

「い、いざとなったら料理するもん！　でも今ははーくんがいるからいいの！」

「我らと共に暮らしたことで、朋代はいっそうだめ人間になっている気がするぞ」

「だめ人間言うな～！　仕事してお金稼いでるんだから、まっとうな社会人です！」

料理ができなくたって人間は生きていけるのだ。外食に宅食、和洋中、どんな料理であろうとも、だいたいは購入できる。それが『今の世の中』というものである。

（でも、まあ、料理できないと、婚期は遅れる……かもね）

そう思った瞬間、朋代は結婚式の招待状のことを思い出してズーンと落ち込んでしまった。

「ど、どうした。だめ人間という言葉に思いのほか傷ついたのか」

アラヤマツミが慌てたように尋ねる。朋代は「違う違う」と手を横に振る。

「大学時代の同級生がね……結婚、するのよ」

はぁ～、と重々しいため息をついて、朋代はグラスをあおって酒を飲む。

「ふむ。喜ばしい知らせではないか。そういえば、朋代は今までも何度か結婚式に招待されては、ずいぶんとめかしこんで出かけていたのう」

アラヤマツミが思い出したように言う。

「……そうよ。マツミ君がうちに来てから早四年。私は何度も結婚式に招待されてはご祝儀を渡してきたの。ジューンブライドの六月なんて、ご祝儀破産寸前にまで追い込まれたこともあったわ！」

カラになったワイングラスをゴンとテーブルに置く朋代の目は完全に据わっていた。

アラヤマツミとハガミが戸惑ったように顔を見合わせる。

「もう何組目よ、結婚式のお知らせ！　招待されすぎて、むしろ客としてはプロ並みよ。ご祝儀の受付係も披露宴の余興も全て経験済み！　どうだまいったか！」

朋代はそう息巻くと、下を向いてぷるぷると震え出す。

そして思いの丈をぶちまけるように顔を上げて叫んだ。

「なのに、どうして一向に、私には春が来ないのよ～っ！」

切ない声を上げながら、デキャンタを傾けて酒を注ぐ。完全にやけ酒のノリである。

朋代は、悲しいことに男性との縁がほとんどない人生を歩んでいた。

初めて彼氏ができたのは大学生のころ。二歳上の先輩だった。しかし、舞い上がっていたのもつかの間……付き合って半年で別れを切り出されてしまった。

『飯田ってさ、なんか、うまく言えないけど……強いんだよね』

元彼に言われた言葉は、今でもよく覚えている。

(アレはどういう意味よ！　強い女は男と付き合ったらダメなのか！)

朋代はその日の晩、ひとしきり泣いて、次の日は完全に吹っ切って復活した。

『そういうところが、強いって言われるゆえんだと思うんだけど……』

仲良しの友人にそんなことを言われたこともあったが、うじうじ引きずっていても仕方がないではないか。綺麗さっぱり気持ちを切り替えて、新しい出会いに期待するほうが建設的だ。

それから朋代は男性と付き合う機会に何度か恵まれたのだが、なぜかいずれも長続きしなかった。

「はぁ〜あ」

ため息をついたあと、朋代はチラとアラヤマツミとハガミを見た。

「だいたいさ、あなたたちがうちにいたら、私ってずっと彼氏できなくない？」

目が据わった朋代を見たハガミは、涼しげな顔をして言う。

「我らのことを気にする必要はなかろう。存分に『こんかつ』したらよいと思うし、家に男を連れ込んでも一向に構わんぞ」

「構うわ！　私が！」

朋代はすかさずツッコミを入れる。

「大丈夫。我とて空気を読む神よ。朋代が男を連れてきた時は、蛇の置物でも気取っておこう」

「こんな生き生きとした蛇の置物、絶対ない。あと、マツミ君が空気を読むとか絶対ありえない」

朋代が腕を伸ばしてアラヤマツミの頭を軽くはじく。

（でもなあ、マツミ君やはーくんと出会わなくても、私の男日照りぶりは変わらなかっただろうなあ）

そのかわり、女友達は多い。それゆえに、結婚式に呼ばれるのが年を追うごとに増えているわけだが……。

おめでたいことなので祝いたい半面、胸中はなんとも複雑である。

「マツミ君と出会った時『我を祀(まつ)れば良縁に恵まれよう～』とか調子のいいこと言って

たけど。その神様の御利益とやらは、いつ私に巡ってくるんですかね！」

ぷんすかと怒りながら、朋代は酒をぐいとあおる。

そしてハガミが作ってくれたぎんなんの焼き物をツマミにしながら、朋代はぼんやりとアラヤマツミと出会った時のことを思い出した。

——あれは、今の会社に新卒で入社した年の、秋のころだ。

毎日毎日、山のような仕事をこなすのに、朋代は必死になっていた。朝から晩まで働き、休日出勤なんて当たり前だった。

中学高校とバスケットボール部に所属していたので、体力には自信があったのは、果たしてよかったのか悪かったのか。

特に身体に支障は出なかったから、ついつい無理をしてしまったのだろう。気づかないうちに、朋代の心は病んでいった。

なにも悲しいことがないのに、いきなり涙が出てくる。電車を待つホームで、突然線路に飛び込みたいという衝動にかられる。ごはんを食べても味がぼやけている。たまの休日もなにもする気が起きず、部屋の中でずっとぼうっとしている。

就職してから一度も帰省しない娘を心配した母がアパートを訪れた時、母は朋代を見るなり、青くなって言った。

『朋代。あんた、このままだと潰れちゃうよ！』

その必死な訴えに、ようやく朋代は、自分が普通ではないことに気がついた。

しかし、そう自覚したところで、どうすればいいかまったくわからない。

悩んだ末、朋代は当時の課長に相談することにした。朋代に仕事のノウハウを教えてくれた先輩であり、今でも尊敬している憧れの女性上司だ。

彼女は朋代の相談を親身に聞いたあと『ずっと気づいてあげられなくてごめんなさい』と謝り、共に解決策を考えてくれた。

そのひとつが『新しい趣味を作ってみよう』だった。

身体を動かすのが好きな朋代は、インドアよりもアウトドアのほうがいい。そして、たくさんの人と過ごすよりも、ひとりで黙々と打ち込める趣味のほうが気分転換しやすいのではないかとの理由から、登山を勧められた。

特に山に興味のなかった朋代は、初めは乗り気ではなかったが、登山は思いのほか朋代の性に合った。

病んでいた心は次第に回復し、段々と仕事の上手なこなし方も覚えていって、適度に肩の力を抜くこともできるようになった。

そうして、休みのたびにいろいろな山に登っているうち、アラヤマツミに出会ったのだ。

名峰と呼ばれもしない、たいした高さもない、地元の人がハイキングで登る程度の小高い山。たまたま、登山道から逸れたところに小さな社があるのを見つけた朋代は、好奇心がうずいて近づいた。

——今にも崩れ落ちそうな社。どう見ても神様なんていなさそうで、お化けでも出てきそうだなと思ったのは今でも覚えている。

でも、このまま無視して去るのもなんだか気が引けた。

朋代は財布から五円硬貨を取り出し、小さな賽銭箱に入れた。

コツン、と。明らかに、中には小銭一枚入っていないようなからっぽの音がした。

くすんだ灰色の紐を引っ張ると、錆付いた鈴がガラゴロと鈍い音で鳴る。

——二礼二拍手一礼。

さほど信心深くはないが、一応お願いごとを考えてみる。

金運上昇、交通安全、健康第一。いろいろな願望が脳裏をよぎったが、朋代はとっておきのお願いごとを口に出した。

「いい男に出会えますように！」

すると、近くから「ほう」と感嘆の声が上がった。

「それならちょうどよい。今すぐ叶う願いじゃな」

え？　と朋代は戸惑った。思わずあたりをきょろきょろ見回すが、近くに人はまったくいない。

まさか、幽霊？

ぞわっと悪寒を覚えた朋代は空耳と思い込んで、社から去ろうとした。

「これこれ。せっかく賽銭の礼をしてやろうというのに、背中を向けるとは薄情な娘よの」

時代劇めいた言葉遣いは底抜けに明るくて、幽霊という感じはしない。

恐る恐る、朋代が振り向いてみると……社の前に、一匹の蛇がいた。

「へび？」

思わず口に出すと、その蛇はピンと胴体を伸ばして鎌首を横に振る。

「蛇ではない！　我はこの山を統べる神なのだ」

「かみ？」

「うむ。とくと驚け、そして崇め奉るがいい。ちなみに我はいい男であるぞ。いわゆるイケメンというやつじゃ」

「はあ……」

蛇が、喋っている。

朋代は思わず蛇の首をわしっと摑み、持ち上げた。爬虫類はむしろ好きなほうで、ペットカフェなどでよく蛇を触らせてもらっていたから、抵抗感はない。

「これ、たやすく神を摑み上げるでない」

「かみって、神様のかみ？　どうして蛇のくせに喋ってるの？」

「だから蛇ではないと言っておろうが。見た目はそうでも中身はまったく違う！」

びたんびたんと尻尾を跳ねさせて抵抗する蛇。朋代がパッと手を離すと、彼はすばやく賽銭箱の裏に隠れた。

「そなた、先ほど、賽銭を投げたであろう？」

「ああ、五円玉？」

「うむ。久方ぶりに硬貨の落ちる音を聞いた。そなたの投げた賽銭は、実によい響きであったぞ」

今度は賽銭箱の陰から少しだけ顔を出し、金色に光る瞳をゆっくり細める。

朋代には、蛇の形をしたなにかが喋っているという事実があまりに非現実的すぎて、理解が追いついていない。

「ところで、そなたの名は？」

「私は、飯田朋代だよ。……君の名前は？」

「よくぞ聞いてくれた！」

その質問を待っていましたと言わんばかりに、蛇の胴体がぐいっと持ち上がる。

「我は相模国（さがみのくに）の山を守りし者。自然と山の神、その名もアラヤマツミであるっ」

パンパカパーンと自分で効果音を言うところが、なんとも残念な感じだ。

「あらや……まつみ、なんて神様、聞いたこともない名前だけど」

「うむ。悲しいことに、我はすっかり世俗より忘れられた存在なのじゃ」

そうして、アラヤマツミは自分について説明し始めた。

大昔はたくさんの人間に親しまれ、祀られていた山の神様。山を流れる水。山の幸。神が自然の恵みに感謝されて、アラヤマツミはずっと、人々の営みを見守り続けていた。

しかし時代の流れと共に、人は少しずつアラヤマツミを忘れていく。

そして今や、誰もアラヤマツミを祀らない。彼は朽ちた社で自身の消滅を待っていた。

人が、アラヤマツミという神を完全に忘れた時、彼は、消える運命にある。

その消滅をほんの少し長引かせたのは、朋代がたまたま投げた賽銭だったのだ。

「賽銭を投げてもらえたのは実に五十年ぶりでのう」

「そんなになの？」

「こんな朽ち果てた社など、普通の人間は寄りつこうとも思わぬからな」

ふふ、とアラヤマツミはのんびり笑った。

「この山は近いうちに崩されるらしい。整地して、住宅地にするという計画が進行中だそうだ。そうなると、いよいよ我は棲み処をなくすというわけよ」

「うーん、そうなんだ。つらい話だねえ」

どこから見ても細長い蛇が、流暢な日本語で世知辛い話をしている。

この時点で、状況が異常であるのは明白だった。

しかし朋代は、自分自身があまり驚いていないことに気がついた。いや、驚愕はしているが、割と素直に現実を受け入れていた。

世の中とは広いもの。朋代が知らないことなんて、まだまだいっぱいある。

もちろんアラヤマツミに出会わなければ、神様が実際にいるなんて信じなかったけれど、こうして喋る蛇に出会ったからには信じざるを得ないと思った。

「そんなわけで、ここでそなたと出会ったのもなにかの縁。ひとつ、提案があるのだが」

「提案？」

「うむ。我を、朋代専属神として祀ってみんか？」

「はあ、専属……神？」

意味がわからず首を傾げると、賽銭箱の上に乗ったアラヤマツミが、にゅっと胴を伸ばした。

「正直なところ四面楚歌であったのだ。それならば、いっそのこと引っ越ししてしまおうと思うてのう」

今や、アラヤマツミという神がいたことを知るのは、この山の近くに住む一部の高齢者くらいなもので、彼らもいずれ寄る年波に勝てず、黄泉の国に旅立つだろう。

そうなると、アラヤマツミはもう、消えるしかない。

「それで……私のところに引っ越すってこと？」

「そういうことじゃ。なに、我の要望など些細なものよ。ささやかでも神棚を作り、我を祀ってもらいたい。そうすれば、我はそなたに数多くの御利益をもたらそう」

「ご、御利益ですと⁉」

朋代はぴくっと反応した。アラヤマツミは自信満々に「うむ」と頷く。

「我を祀れば、金運上昇し、良縁に恵まれ、さらに安産も約束できるぞ」

「安産は今のところ必要ないけど、金運と良縁は超重要じゃない！」

朋代はきらきらと目を輝かせる。つまり、この蛇みたいな神様を崇めて奉れば、自分の人生は勝ち組一直線ということだ。

「うさんくさいほどおいしい話だけど、君はそれでいいの？　故郷を捨てることになるんでしょ？」

朋代が尋ねると、アラヤマツミはほんのりと金の瞳を細めた。

蛇であるのに、その顔はどこか寂しそうに見えた。

「もう、この山のふもとに住む人々に、我は必要ない。だから……いいのじゃ」

アラヤマツミは、憂いを吹っ切ったように軽やかな笑い声を立てながら、そう言った。


それから数年、朋代とアラヤマツミは時々言い争いをし衝突しながらも、面白おかしく暮らしていた。

そして、二年前にハガミという天狗に出会った。

彼は人々に病魔をまき散らす悪い妖怪であったが、アラヤマツミや知り合いの妖怪たちが必死に説得したこともあり、なんとか怒りを鎮めた。

ハガミは場所は違えど、アラヤマツミと同じような山の神だったのだが、その山は土地開発のため、人の手によって完全になくなってしまったのだ。

本来なら消滅するところだが、強い憎しみによって神から妖怪へと変貌してしまった。

アラヤマツミとしては、ハガミが他人に思えなかったのだろう。彼は達観した性格だから、妖怪に堕ちることはないかもしれない。それでも、ハガミのような運命をアラヤマツミがたどる可能性だってあったのだ。

そんな事情から、アラヤマツミは共に暮らしてみないかとハガミを誘った。

アパート二階にある朋代の寝室には神棚がふたつあって、ひとつはアラヤマツミ、もうひとつはハガミを祀っている。

朋代は毎朝神棚の水を替えて、米を供え、新しい榊(さかき)を立てている。そして二礼二拍手一礼してから、会社に出勤しているのだ。

たったひとりでも、自分を祀ってくれる――それだけで、アラヤマツミは安心して神様でいられる。ハガミはもう神ではないが、自分に礼を尽くす朋代に恩義を感じており、家事を担ってくれている。

持ちつ持たれつ。三人は、そんな関係なのである。

「いやいや待って。私、絶対マツミ君から御利益もらえてないよね？」

ひとしきり思い出に浸っていた朋代は、我に返ると慌てたように言った。

コップの水を飲んでいたアラヤマツミが不思議そうに首を傾げる。

「御利益めっちゃあるではないか。これ以上は贅沢(ぜいたく)であるぞ」

「めっちゃって言うほど実感ないんですけど～！　得したところって、ミネラルウォーターで酒が飲めるってくらいじゃない！」

朋代が抗議すると、アラヤマツミは「なんと！」と目を丸くした。

「確実に金運は上昇しておるというのに自覚なしであったか。そなたが前のあぱーとから、二階と庭のある今のあぱーとに引っ越しできたのも、給与が上がったからであろう？」

「あれは私が主任に昇格したからです。私の努力の成果であってマツミ君の御利益じゃないでしょ！」

「違う違う。朋代は御利益というものをわかっておらんのう。相応に努力した者にこそ、本当の幸運が巡ってくるものなのじゃ。努力抜きで得たものなど、あぶく銭も同然よ」

ふふんとアラヤマツミが偉そうに笑って、隣ではハガミが同意するように頷く。

「アラヤマツミ殿の言う通りだ。神は怠け者を助けないもの。そして、苦労せず大金を手にすることがあるとするなら、それは幸運というより、呪いだ」

「そ、そうなの？」

朋代が首を傾げると、アラヤマツミは寂しそうに目を伏せた。

「身の丈に合わぬ幸運は、不運を呼び込みやすいのじゃ。これを因果というのだぞ」

「ふぅん……」

なんだかいつの間にか説教されてしまった。朋代はぎんなんをひとつ食べて、くいっと酒を飲む。

「まあ交通安全の御利益はあるのかな。事故に遭ったことはないし」

「うむうむ。もっと感謝するがよい」

「あ、でも！　一番大事な御利益がないよ。まだ良縁に恵まれてなーい！」

いい男はどこにいるのだ。縁を結ぶどころか出会いすらないのはいかがなものか。

すると、ハガミは腕を組んでしばらく考えたあと、厳かな声色で言った。

「おそらくだが、朋代はすでにもう『良縁』に恵まれているのだと思うぞ」

「どこがよ！」

朋代がすかさずツッコミを入れると、ハガミはにんまりと笑顔になった。

「つまり、我らとの出会いだ。現役の神に、元は神だったもの。これ以上幸いな出会いはあるまい？」

「ええ〜そういうオチなの〜!?」

心底ガッカリした声を上げた朋代は「はあ」と力なくため息をつき、椅子の背もたれに寄りかかる。

「運命の人はどこにいるのよ〜。できれば経済力があって、贅沢は言わないけどそれなりに稼いでいて、多くは求めないけどお金持ちのイケメンと出会いたい！」

「朋代はほんに金のことばかりであるなあ」

「愛の深さや人情に厚いことも必要ではないか？　なぜゆえ美貌と稼ぎに拘るのだ」

アラヤマツミが呆れた声を出し、ハガミが困った顔で言う。

朋代は「なに言ってるのよっ！」と、酒のグラスをテーブルに置いた。

「愛や人情も大事だけど、お金があればどうにでもなる。それが人生なの！　あと顔は私がメンクイだからです！」

「なげかわしいのう」

やれやれとアラヤマツミが鎌首を横に振り、ハガミはキッチンに立ってコンロから小鍋を持ち上げる。

「まあ、世迷言はそのくらいにして、そろそろ腹を休ませるがいい」

「世迷言って酷くない!?」

朋代の非難をサラッと流したハガミは、テーブルに小鍋を置く。

「柚大根粥だ」

「おいしそうです！」

パッとれんげを手に取る朋代を見て、アラヤマツミがパタッとテーブルの上で倒れた。

「そなたの切り替えの早さは、韋駄天（いだてん）並みじゃのう……」

「ほっといてよ。ああ〜いい香り！」

ひとり用鍋の中は、くつくつと泡立っていた。爽やかなゆずと、大根と米の甘い匂いがする。

「細かく刻んだ大根と米を柔らかく炊き、柚入りのあんをかけたものだ。柚と大根は胃腸の働きを促進する効果があり、米との相性も良い。朋代の飲む酒はアラヤマツミ殿の神酒であるから大丈夫だが、二日酔いにも効果があるそうだぞ」

「それなら、忘年会シーズンにはぴったりだね」

朋代はゆず大根粥をレンゲで掬って、しばらくふうふうと息を吹いて冷ましたあと、ぱくっと食べた。

「とろとろだ〜。あんが甘くて優しい味だね。これなら食欲がない時とか、風邪を引いた時でも余裕で食べられそう。はーくん、いつもありがとう」

粥を食べながら礼を言うと、ハガミはぽっと顔を赤くして、そっぽを向いた。

いつまで経ってもいい男と縁がないのは切なくなるけれど、こうして愉快な毎日を送ることができるのは、確かに幸せなことかもしれない。

変な神様と義理堅い天狗。価値観を含めたなにもかもが人間の枠を超えているゆえに、一緒に住んでいると口喧嘩(げんか)をして衝突することもある。でも、ひとつだけ確実に言えるのは、朋代はアラヤマツミとハガミを受け入れたことを一度も後悔したことはない、ということだ。

(マツミ君はぐーたらゲームばっかり、はーくんはお小言が多い。でも、私もだらしないところがあるし、お互い様なんだよね。それでも一緒にいられるのが、家族ってことなんだと思う)

もし、奇跡が起きて彼氏ができようとも、ふたりと離れることはないだろう。

(って、奇跡ってなによ、奇跡って！　我ながら失礼な！)

思わず、朋代は自分で自分にツッコミを入れてしまった。

それからしばらくたった、とある月曜日。

オフィスに正午を知らせるチャイムが鳴り響いた時、朋代はハッと青ざめた。

「ま、また、お弁当忘れちゃった……！」

先週に続いての失態である。朋代はデスクの上で頭を抱えた。

(だってだって！　月曜日の朝はぼーっとしちゃって。ついつい、テーブルの上に置いてある弁当の存在を忘れてしまうんだよ〜！)

詮なき言い訳を心の中で零しつつ、朋代はポケットからスマートフォンを取り出した。

「と、とにかく、連絡しないと。前みたいなことになったら困るし！」

朋代はメッセージアプリを立ち上げると、高速で文字を打った。

『お弁当忘れてごめん！　でも、届けなくていいからね。というかカラスと蛇の姿で会社に来ないで、頼みます！』

ここまで言えば、空気を読まないアラヤマツミでもわかってくれるだろう。

そう思っていると、ピロンと返信の着信音がした。

『うむ、我は朋代の事情をちゃんと理解しておるぞ。要は人外の姿で弁当を届けるなということであろう』

そんなメッセージと共に、蛇が『任せるがよい』とドヤ顔しているスタンプが届く。

「待って。人外の姿じゃないとするなら……」

朋代がしかめ面をして考え込んだ時、バタンと勢いよくオフィスのドアが開く。

「飯田飯田！　ロビーに客が来てるよ！　やばい！　アンタいつの間に、あんないい男を捕まえたの!?」

一足先に昼食の買い出しに出かけたはずの、八幡だ。

朋代は嫌な予感がした。背中をタラリと冷や汗が流れる。

そしてダッシュでエレベーターに乗り込み、一階に降りてみると――。

ロビーには、すごみのある和服美男子と、作務衣を着た渋みのある中年男性が立っていた。

（やっぱりぃぃ～！）

思わず両手で顔を覆う。そんな朋代を見つけたふたりは、すたすたと近づいてきた。

「ほれ、朋代、忘れ物じゃ」

「まったく……こうも忘れられては、我も作りがいがない。今後は玄関に置いておくゆえ、ちゃんと鞄に入れていくように」

やたら愛想のよい笑みを浮かべる着物男子はアラヤマツミ。中年男性はハガミだ。

朋代に弁当を渡すところを見て、あたりにいた社員たちが一斉にざわめく。

「ああっ！　君たちは飯田さんのところで一緒に暮らしてる人じゃないか！」

素っ頓狂な声がロビーに響いた。朋代が振り向くと、後ろには課長がいた。

「おお、朋代の上司ではないか。久しいのう」

「あれから達者でいるようだな。朋代が世話になっている」

アラヤマツミが嬉しそうに手を振って、ハガミは礼を口にし、律儀に頭を下げる。

「あれから僕も仕事に前向きになれて、リサーチ課でもずいぶん居心地がよくなったんだ。僕の趣味をバカにせず、励ましてくれてありがとう。ずっとお礼が言いたかったんだ」

「なあに、あれくらいのこと、たいしたことではない。しかし素直に礼が言えるところはそなたの美徳であるぞ」

「これからも精進するがよい」

三人が和やかに会話している。朋代は、今のうちにさりげなく消えようと思った。しかし、身体を後ろに向けた途端、アラヤマツミの暢気な声が飛んでくる。

「朋代よ。今夜も遅くなるのかのう?」

(今、私に話しかけるなー!)

周りの視線をちくちく感じる。だが、無視するわけにもいかず、朋代は早口で答えた。

「今日は、はっ、早めに帰るよ」

「それはよかった。最近は朋代の帰りが遅くてのう。寂しかったのじゃ」

ひそひそと、周りが何か小声で話している。しかし、そういう空気を読まないハガミがさらに言う。

「ならば、今夜は鍋料理にでもするか。朋代は雪鍋のしゃぶしゃぶが好きであったな」

「うむ。とびきりの酒を用意して、待っておるからのう。午後の仕事も頑張るのだぞ」

言いたいことを言って、ふたりは颯爽と去っていく。

残された朋代は、がっくりとその場で膝をついた。

（あのふたり、誤解されるようなことばっかり言って帰っていった……っ！）

朋代は、純粋に自分の帰りを待ち望んでいるふたりの気持ちをわかっているからこそ、頭ごなしに怒ることもできない。

すると、項垂れていた朋代の背中がバシンと叩かれる。顔を上げると、八幡がいた。

「飯田～っ！　アレはなんなの！　やたら和服が似合う美男子に渋カッコイイおじさま！　お弁当を届けてくれるって、一体どういう関係なの⁉」

襟首を摑まれてゆさゆさ揺さぶられる。

「そ、それは、その～、これには海よりも深い事情がありまして、ですね」

「やはりヒモか！　男を飼っているのか！　しかもふたりとはどういうことだ～！」

「不名誉なことを大声で言わないで。誤解だから－！」

朋代が必死に訴えるも時はすでに遅し。

ロビーで囁かれ始めた噂は尾ひれが何枚もついていき、朋代の耳に届いた時には『四十八階で働いてるとある女性主任Iさんは、美形男性をふたりヒモにして養っている』という、実にとんでもない内容になっていた。

「だから、ヒモじゃないんだってば！」

懸命に誤解を解こうとするも、じゃあどういう関係なんだと聞かれると、途端に答えられなくなる。

（だって、正体は神様だとか天狗だとか、誰が信じるっていうのよ！）

朋代はがっくりと肩を落とす。

「飯田さん……噂を聞いたんだけど。なんか見た目通りっていうか、男をふたりも養うなんて、むしろパワフルだよね……すごいよ。素直に尊敬する」

以前憧れを抱いていた窪塚にまでそう言われて、朋代は頭を掻きむしりたくなった。

不名誉な噂が流れたせいで、余計に男が逃げていく。

「あ〜もう！　私の春は、いつ来るのよ〜！」

朋代の夜ごとのヤケ酒は、まだまだ続きそうである。

第三章 恋バナはわさびのようにツンと辛く

秋が過ぎ、冬の寒さを耐え、春の花粉症に悩まされる。

そんなありきたりな日常を過ごして、六月。

大学の同期に招待されていた結婚式の日がやってきた。

「ヘアチェックよし、ドレスよし、忘れ物はなし。んじゃ、行ってきま〜す」

華やかに着飾った朋代は、アラヤマツミとハガミに手を振って、アパートを出た。

六月といえば梅雨だが、今日は爽やかに晴れている。絶好の結婚式日和だ。

カツカツとハイヒールの踵(かかと)を鳴らしながら駅に向かい、電車に乗って、式場のあるホテルに到着する。

「あ、朋代。久しぶりーっ！」

台帳に名前を書き、受付係にご祝儀を渡していると、横から明るく声をかけられた。

「愛良(あいら)じゃない。わあ、三年ぶりかな？」

朋代は、同じように着飾った女性、愛良とハイタッチした。彼女は朋代と同じ大学の同級生で、ゼミも同じだった。ずっと仲がよくてメッセージアプリでは頻繁にやり取りしていたが、実際に会うのは、彼女の結婚式以来だ。

「朋代は前よりも綺麗になったよね～。男でもできたのか？　このこの！」

「イタイところを突かないでよ！　男ができたら嬉々としてグループチャットにてご報告しておりますわっ。察しろっていうの」

「あはは っ、そうだよね～。今回の香奈ちゃんの結婚で、同期の友達で結婚してないの、朋代だけになっちゃったねえ」

「笑顔でトドメを刺すなあ！」

朋代が泣きそうな声で非難すると、愛良は「ごめんごめん」と、軽い口調で謝る。

「でもさ、本当に綺麗になったよ。ね、本当にカレシいないの？」

「いないよ。前よりも健康的な生活を送っているから、血色良く見えるのかもね」

三年前は、まだハガミが朋代の家に来る前だ。

アラヤマツミはいたけれど、朋代の食生活は惨憺たるものだった。最低限の栄養は取っているつもりでいたが、ハガミと一緒に住むようになってからは劇的に変化した。

前よりも量を食べているはずなのに、太りにくくなったし、肌の質もよくなった。全て薬膳料理のおかげ……というのは大げさかもしれないが、やはり身体にいいものを取り入れるのは、よいことなのだろう。

「そういう愛良のほうも、ちょっと雰囲気変わったね」

「まじ？　ふ、太った……って言わないでね」

「そうじゃなくて、なんか前よりも柔らかい感じになった。結婚すると、変わるものなのかな？」

朋代が尋ねると、愛良が腕を組んで「う～ん」と顔をしかめる。

「結婚っていうより、子供ができたのが大きいかもね」

そう言われて、朋代は数年前に愛良に子供が生まれたことを思い出す。

「確か、もう二歳だよね？」

「そうなの～。もう手がかかって大変。育児ストレスでついつい食に走っちゃうし、産後太りもあったから、そろそろマジで身体絞らなきゃね」

げんなりとしてため息をつく愛良を見て、朋代はくすくす笑った。

「ほんと変わったね。もちろんいい方向で」

学生時代の愛良はお洒落上手でキラキラしていた。もちろん魅力的な女の子で、朋代の目から見ても愛良は綺麗だったし、男性の人気も高かった。

そのころと比べて雰囲気は変わったけれど、愛良はとても可愛くなったと思う。そして、不思議と大きな包容力を感じるのだ。もしかしたら、それが母性というものなのかもしれない。

　ふと、以前アラヤマツミが言っていたことを思い出す。

　——生き物は、そして人は、老いるからこそ美しい。齢を重ねて変貌するから、その時その時を懸命に生きる。そのきらめきが、神たる自分にはまぶしく見える、と。

　朋代は人間だから、アラヤマツミほど達観はできない。でも、こうやって愛良を見ていると、羨ましいし憧れる。

　自分もこんなふうになりたいな、と思う。

　ここ最近は、ふとした拍子に考えてしまうのだ。自分はこのままでいいのかと。

　仕事は順調だし、生活に困っているわけでもない。家にはアラヤマツミとハガミという家族がいるので寂しくもない。

　今の生活に心から満足しているのだが、その考えに危機感を覚えるのだ。

　いつか自分は老いる。今際の際まで独身というのはあまりに寂しすぎるのではないか。

　結婚して幸せそうな友人を見ていると、妙に焦ってしまう。

　だから朋代は、意識して恋人を作ろうとしているのだが、なかなかうまくいかない。

　本気で探そうという気がないからなのかもしれない。

（弱気はよくない。ご縁のチャンスを逃さなければ、いつか私だって、きっと）

朋代は小さくため息をついた。こればかりは神のみぞ知るという感じだ。肝心の神様は、今ごろ朋代のアパートで新作ゲームの攻略に明け暮れているだろうが。

(は～あ、私も幸せになりたーい)

心の中でぼやいていているうちに、式が始まった。ホテルの中にある教会で愛を誓い合った友達は心の底から幸せそうで――。

やっぱり結婚っていいなと、朋代は思うのだった。

結婚式のあとは披露宴で会食だ。新郎側の会社の上司が乾杯の音頭を取ったあと、朋代は掲げていたグラスのシャンパンを一気飲みする。

「ぷはー、うまーい！」

「朋代、おっさんみたいだよ」

「うるさーい。ご祝儀分は食べて飲む。それが今の私の、唯一の楽しみなのよ！」

「さ……寂しっ」

「ええい、幸せいっぱいの愛良にはワインをなみなみと注いでやる！」

朋代は愛良と自分のグラスに赤ワインを注ぐ。

「聞いてよ～。今月の私、三回も結婚式に行ってるんだよ」

「まじで？　さすがジューンブライド。集中するね～」

「おかげで今年も順調にご祝儀破産しそうです。……まあ、来年ぐらいからはちょっと落ち着くと思うけどね」

「確かに、この歳になるとあらかた結婚したって感じするよね」

愛良の言う通りである。二十六になると、結婚願望のある友達はだいたい結婚してしまった。あとは、結婚に興味がないか、朋代のように出会いがまったくない人くらいしか残っていない。

「おっ、このホテルのごはんは当たりだわ。フォアグラのソテー、おいしい！」

ぱくぱくと食べ始める朋代に、愛良は「いい食べっぷりだね」と笑った。

披露宴の締めは、お楽しみのブーケトスである。

朋代は毎回全身全霊をかけてこのイベントに参加しているが、現在、連戦連敗中である。神頼みでも験担ぎでもなんでもいいから、自分にも縁が来てほしい。それなのに、なぜかブーケをゲットできないのだ。

そして、今回もブーケを取り損ねてしまった。元バスケ部員なのに由々しき事態である。

（もう、私には男性との縁が一生ないのかしら）

アラヤマツミやハガミは……『男』というカテゴリーに入れてよいものか、なかなか難しいところである。なんせ神だし、天狗なのだから。

そんなことを考えているうちに披露宴はお開きとなって、次は二次会だ。

夕方になり、六月の空が宵色に染まるころ。繁華街にあるお洒落なカフェバーを貸し切って二次会が行われた。

ここでも朋代は酒と食に明け暮れる。

何年か前は二次会でチャンスを掴もうと、脈ありな男性に目をつけて虎視眈々と狙ったりもしていたのだが、なぜか朋代が話しかけると、相手は適当な理由をつけて去っていくのだ。愛良曰く『肉食獣のオーラがにじみ出ていて、取って食われそうだからではないか』とのことである。まったく失礼な話である。

そんなわけで、朋代は二次会に期待するのを諦めた。そうなると、結婚式の二次会の楽しみといえば会費分飲み食いすることと、もはや鉄板イベントとなりつつあるビンゴ大会くらいなものである。

「朋代～！　ごめんね、先越しちゃって～」

「それは嫌味か！　嫌味ですよね？　キエー！　幸せになりやがれ、このやろ～」

すっかり酔っ払った朋代は、自分に話しかけてきた同級生の新婦、香奈をぎゅっと抱きしめる。

「はあ。香奈ちゃんもとうとう結婚か。ずっと見守っていた母は嬉しいぞよ」

「朋代、すっかり酔っ払ってるね。でも嬉しい！　祝福してくれてありがとう！」

お互いにひしと抱きしめ合う。美しきは女の友情。

「ところで、ビンゴ大会の景品は期待してもよろしい？」

「旦那側の友達が企画してくれたんだけど、結構豪華な賞品揃えてるみたいだよ。旅行券とか、テーマパークのペアチケットとか！」

「そんな、男と行かなきゃ寂しさ百パーセントみたいな景品よりも、現物支給がいいです」

「あははははっ！　焼き肉セットとか、お酒のバラエティセットとか？」

香奈は楽しそうに笑った。その笑顔を見て、朋代は「幸せになってね」と心から思う。

そして香奈は別の友人のところへ挨拶に行き、ひとりに戻った朋代は食事を再開した。

結婚式まで一緒だった愛良は、二次会は欠席して先に帰っている。やはり小さい子供がいると、遅くまで家を留守にするのは心配なのだろう。

「はーしかし、このカフェバーの料理、おいしいな。はーくんの料理とはちょっと違って軽食ばかりだけど、ワインに合うというか、ひとつひとつお洒落っていうか」

べた褒めしながら生ハムメロンを食べていると、隣の席に誰かが座った。

「それは嬉しいな。この店を二次会会場にしようと決めた幹事のひとりとしては、ね」

「へ？」

低く通る、甘やかな声色。いきなり話しかけられて、朋代は思わず横を向いた。

すると、やたら相貌の整った男性が笑顔で隣に座っていた。

「えっと……あなたは？」

「ああ、いきなり声をかけてごめんね。俺は寺戸瞬。新郎の大学時代からの友達なんだ」

「なるほど。私は飯田朋代といいます。新婦の香奈ちゃんの同級生なんです」

「そうなんだ。よろしくね」

愛想がよく、爽やかな笑顔が似合う男性だ。さぞかし女性に人気があるのだろう。

「ところでさ、ずいぶんおいしそうに食べていたけれど、どの料理が一番おいしかった？」

「そうですねえ。サーモンのカルパッチョもおいしかったし、ごぼうチップスもぱりぱりでお酒との相性が抜群でした。でも一番は、さっき食べたフィッシュアンドチップスかな」

ワインビネガーをかけて食べる白身魚のフライは絶品だった。雲を食べているような軽い口当たりの衣に、ふわっと柔らかくて後味の甘い白身魚。さらにカリカリのポテト。

「ビールがすごく合って、ごくごく飲めちゃう感じ」

　話していたらまた食べたくなってきた。おかわりをしようかと、朋代はメニューを取ろうとする。だがその時、瞬がパッとそれを奪い取った。

「朋代ちゃんは、ビールが好きなの？」

　ぱらぱらとメニューをめくりながら聞いてくる。

「う〜ん、なんでも飲むかな。最近は日本酒が多いけど」

　正確に言えば、日本酒に味が似ている神酒なのだが。そんなこと言えるわけがない。

「へえ、今時の女の子にしては趣味が渋いね。俺のタイプだよ」

　にっこりと笑ってそんなことを言うものだから、朋代は思わずぽっと顔が熱くなる。

「じゃあさ、カクテルなんてどう？　このカフェバー、日本酒のカクテルも出してもらえるんだよ」

「へえ〜。日本酒のカクテルって飲んだことないかも」

「甘めが好き？　それともさっぱりしたカクテルが好き？」

「さっぱりがいいかな。柑橘類（かんきつるい）を使ったお酒が好きなんです」

　朋代がそう言うと、瞬は手際よく注文を済ませた。しばらくして、スタッフがカクテルをふたつ持ってきてくれる。

「綺麗なオレンジ色。これが日本酒のカクテル？」

「そう。でもオレンジは使っていないんだ。これはミカンとキンカンを使った日本酒カクテルで、冷凍ミカンが氷代わりに入っているんだよ」

丁寧に説明されて、朋代は感心したように何度も頷く。

「じゃあ、乾杯しよう。今日というお祝いの日に」

「そうですね、おめでたい日ですから」

「同時に、朋代ちゃんという魅力的な女性に出会えた記念すべき日でもある」

「――えっ」

今までに言われたことがないほどの、あまりに甘いセリフに、朋代は目を丸くした。

瞬は、穏やかな瞳で朋代をジッと見つめている。

「乾杯。ね、連絡先を交換しない？　君ともっと話をしたいんだ」

カチンとグラスを合わせて、瞬はそんなことを口にする。

リンゴーンと、朋代の頭の中で祝福の鐘が鳴り響いた気がした。

（もしかして、干物女子の私にようやくきた……春？）

それは間違いなく、遅くやって来た恋の予感だった。

苦節二十六年。男性と付き合ってもまったく長続きしなかった朋代に訪れた恋の兆し。

二次会から家に帰ってきた朋代は、ソファに座ってボーッとリビングのむこうを眺めていた。

「朋代よ……。まるで狐に化かされたような顔をしておるが、大丈夫かの？」

ソファに座る朋代の隣に、アラヤマツミがしゅろしゅろと胴をくねらせて近づく。

「マツミ君……。私、デートに誘われちゃったよ」

「でーと。つまり、逢い引きかの？」

「そうよ。……絶対に失敗はできないわ。今度こそ、ボロを出さないようにしないと」

朋代はなぜかいつも『強そう』とか『ひとりで生きていけそう』とか『守りがいがない』などと言われて別れを切り出されてきた。

つまり、言われたことの逆を目指せば、長続きするかもしれないということだ。

「要するに、弱そうで、誰かに助けてもらわないと生きていけなそうで、守りがいのある女を目指せばどうにかなる可能性があるということよ」

「長続きすればするほど、どんなに猫を被ってもぼろが出るものだと思うがなあ」

アラヤマツミはどこか心配そうだ。すると、冷たい水を持ってきたハガミが、ジッと朋代を見つめる。

「我には、なにか企みがあるとしか思えぬ。その瞬という男、裏があるのではないか？」

「はーくんまでそういうこと言う〜！　そんなわけないじゃん」

朋代はぷんと横を向いた。ついでに、ハガミから受け取った水をごくごく飲む。

すると、アラヤマツミはハガミと互いに目を合わせ、困った顔で言う。

「聞いたところによると、そなたはだいぶ酔っ払っていたようではないか」

「酒を飲んでいる朋代を口説こうなど、絶対にありえんな」

「どういう意味よ！」

アラヤマツミに続いてハガミまで否定的なことを言うので、朋代は怒り出した。

「どういう意味もなにも、酔っ払いの朋代は圧倒的に色気が足りぬ」

「飲み方も潔いし、むしろ男気を感じるくらいだな」

「あんたら表に出なさい。この三人の中で誰が最強か、ひとつ決着をつけようじゃない」

むんと腕まくりする朋代に、ふたりは「そういうところだ」と冷静にツッコミを入れた。

「もう、ふたりとも可愛くない！　大丈夫に決まっているでしょ。相手は証券会社で働く営業社員なんだよ。ほら、名刺ももらったし」

朋代は瞬の名刺を鞄から取り出した。有名な大手証券会社の名が記されている。

「ふむ……。朋代よ、その名刺、ちぃと貸してくれんか？」

アラヤマツミが小さな口をぱかっと開けた。朋代は名刺を咥えさせる。するとアラヤマツミはするするとソファを降りて自分の寝床に入り、毛布に包まった。六月といえど、寒がりなアラヤマツミは毛布を手放さない。

どうやら寝に入ったわけではなく、毛布の中に入れてあるスマートフォンを操作しているようだ。

「なにやってるか知らないけど、暗いところでスマホいじっちゃダメだよ。あと、もうそろそろ寝る時間だからね！」

「わかってるわ。我を何歳だと思うておる。子供扱いするでない！」

「推定年齢千二百歳、精神年齢十五歳の引きこもりじゃない」

「なんと、我のこの渋さがわからぬとは、朋代のまなこは曇っておるのう。我は永遠なる三十歳、着物が似合う美形男子であるぞ」

「あの見た目は詐欺すぎるからやめたほうがいいよ」

確かに人間に変化したアラヤマツミは美形だ。誰もが認める美貌を備えている。しかし、あくまでもそれは変化であり、アラヤマツミがその顔を作り上げたに過ぎない。

写真を加工して美しく見せる技法となにが違うのか、というのが朋代の持論である。

「わかっておらんのう～。力ある神だからこそ、相貌を盛れるのよ。美を維持するのに、我がどれほどの力を使っていると思うておる！」

「そんな無駄な力を使うくらいなら、私の恋愛運でも上げてよ！」

朋代とアラヤマツミが侃々諤々と騒いでいると、呆れたハガミがため息をつく。

「恋愛など、結局は見た目と話術、そして性格と価値観の摺り合わせで成就するものであり、運で左右できるものではないぞ」

「はーくんも正論禁止！」

朋代がビシッとハガミを指さすと、彼はぽりぽりと頭を掻いて「我は寝る……」と部屋を出ていった。

「なによもう。ふたりとも、少しは私の恋を応援してよね！」

仁王立ちになってそう言うと、朋代は「おやすみっ！」と言って、のしのしと寝室に向かったのだった。


それから一週間後。ニュースで、天気予報士が東京の梅雨明けを知らせ始めたころ。

澄み渡るスカイブルーがまぶしい真夏の休日。それは瞬とデートをする日だった。

「まあ、朋代も二十六ゆえ、今さら子供扱いはせぬが……」

朋代が特別な日に準備したコーディネートは、青と白のストライプのシャツワンピースに、白い鍵編みのボレロ。王道の清楚（せいそ）な装いはまさに鉄板のデート服といえよう。

そんな装いに身を包み、水色のハイヒールサンダルを履いた朋代にハガミが渋い顔をして言った。

「ゆめ忘れるでないぞ。古来より、か弱きおなごに対して誠実とはいえない態度を取る男はいくらでもいるのだ。危険を感じたら、すぐに逃げるがよい」

「はいはい。……っていうか、瞬さんはそういう人じゃないから安心して」

「根拠なく他人を信じられる心意気は美しいが、人の世では、聖人の顔をして恐ろしいことをする者もいるのだ。そなたは決してか弱くないが、一応おなごなのだからな。聞いておるのか、朋代」

「聞いてるけど、か弱くないとか、一応おなごとか、言ってることめちゃくちゃ失礼だよ！」

朋代は大声で怒り「もうっ」と頬を膨らませて、玄関のシューズラックの上にある卓上鏡を覗き込んだ。結い上げた髪がほつれていないか確かめる。

「まったく、はーくんって心配性のお父さんみたい」

「我を心配させる朋代が悪いのではないか」

ふたりで言い争っていると、床を這ってにょろにょろとアラヤマツミが現れた。

「朝から賑(にぎ)やかだのう。朋代、これをくれてやろう」

アラヤマツミの首に下がっていたのは、小さな巾着袋。朋代はそれを受け取って、まじまじと眺める。

「なにこれ?」

「我のうろこが入ったお守りじゃ。巾着袋は昨晩ハガミが作ってくれたのだぞ」

なるほど、と朋代は相づちを打つ。そういえば、朋代が会社から帰った時、ハガミが縫い物をしていたことを思い出したのだ。

「ふたりともマメというか、心配性だよねえ」

「備えあれば憂いなし、じゃ。ちゃんと肌身離さず持っているのだぞ」

「はいはい。んじゃ、行ってきま〜す」

朋代はアラヤマツミのお守りをワンピースのポケットに突っ込むと、玄関ドアを開けた。

「ちゃんと、日付が変わる前に帰るのだぞ!」

「も〜、はーくんお父さんすぎ!」

最後には怒鳴り声になって、バタンとドアを閉めた。

「まったくもう。私のこと、何歳だと思ってるのかしら」

ブツブツ文句を言いつつ、朋代は駅に向かって歩き出す。

すると――。

「んっ？」

休日の住宅街。時々すれ違う人。

見間違いだろうか？　行き交う人の背後に、白いモヤが見えるような……。

「目が疲れてるのかな」

昨日も遅くまで仕事をしていたし、目どころか身体も疲れているのかもしれない。

まあ、それでもデートに支障が出るほどの疲労ではない。やがて、朋代は駅に着いた。

そして、謎のモヤが見間違いではなかったことに気が付く。

「な、なにこれ!?」

駅の周りにいる人全ての背中に、色とりどりのモヤが見えるのだ。まるでいわゆるオーラのようである。

「ま、まさか、これを持ってるせい!?」

ポケットに入っている、アラヤマツミのお守り。十中八九これが原因だろう。

「マ、マツミ君たら、なんというおかしな道具を渡してくるのか〜っ」

道ゆく人全てに謎のオーラが見えるなんて、目がちかちかして仕方ない。

(ほんと、誰得よ。帰ったらとっちめてやる！)

最近してなかったが、アラヤマツミの首を掴んでぶんぶん振り回す刑、決定である。

いっそお守りを捨ててしまおうかと思ったが、もし誰かが拾ってしまったらと考えると、できなかった。

(仕方ない。この状態でデートするしかないか)

なんだかデートの前に疲れてしまった。そう思いながら、朋代は電車に乗った。

赤色、白色、青色……。

駅を出ると、往来が激しい繁華街で人々が色とりどりのモヤを抱えていた。

あの色はなにを表しているのだろう……。朋代は待ち合わせ場所で瞬を待ちながら、ぼんやりと考える。

(これ、私の背中にもあるってことだよね。何色なんだろう)

残念なことに、自分のモヤは見えなかった。変な色じゃないといいなあと思う。

「やあ、おはよう。待たせちゃったかな」

突然、横から声をかけられた。

「あ、瞬さん。ぜんぜん待ってないよ。さっき来たばっかりだから……」

朋代は笑顔で瞬を見た。そして、びきっと固まる。

「ごめんね。事故で電車が遅延してさ。走ってきちゃったよ」

あはは、と爽やかに笑う瞬は、二次会で会った時のまま。相変わらずのイケメンぶりで、ラフなVネックのTシャツに白い襟シャツを羽織る姿がとても素敵だ。

——だが。

(な、な、な、なにこれ……っ!)

瞬の周りを覆うモヤは、まるで暗雲のように真っ黒だったのだ。

「朋代ちゃん?」

瞬が不思議そうに首を傾げる。ハッと我に返った朋代は、ぶんぶんと手を横に振った。

「ご、ごめん。ぼうっとしちゃって。事故で遅延なんて大変だったね」

慌ててごまかすと、瞬はニコッと爽やかな笑みを浮かべた。

「心配してくれてありがとう。今日のデート、ずっと楽しみにしてたんだよ」

「わ、私も、楽しみにしてたよ」

「そのワンピース、とても似合ってるね。二次会の着飾ったドレスも可愛かったけど、俺はこっちのほうが好きだな」

「あはは……そんなお世辞を」

変なモヤさえ見えなければ、その言葉に舞い上がってしまうほど喜んでいただろう。

しかし、にこやかな彼が黒いオーラを纏っていると、不気味ですらある。

(もう、マツミ君ったら、一体なんなのよ、これは)

もはや嫌がらせとしか思えない。なにも知らない瞬は、上機嫌にぎこちない様子の朋代を連れて歩き出した。

「今日はいくつかプランを考えてきたんだけど、朋代ちゃんって、休日はどういう過ごし方をしてるの？　スポーツするとか、映画見るとかさ」

「え～と、そうだなあ。休日は、お酒飲みながら野球観戦……じゃなくて！　のんびりテレビ見てることが多いかなぁ～ははっ」

黒いモヤが気になるあまり、いきなりボロが出そうになってしまった。朋代がごまかすと、瞬は「そっか～」と相づちを打つ。

「じゃあ、映画見る？　ちょうど今、ハリウッドの話題作が上映中でしょ」

「ああ……確か、ミステリー系の映画だったよね」

「そうそう。俺、主演の俳優が好きなんだよね。年を追うごとに渋みが増して、演技もどんどんうまくなってってさ～」

「へえ、瞬さんは映画好きだったんだね」

朋代と瞬は、一見どこにでもいるカップルだろう。だが、朋代の顔はずっと引きつっている。それは、あの黒いモヤからなにか奇妙なものが見え隠れし始めているからだ。

（なんだろう。白くて、細くて……うう、気持ち悪い）

ランチを終えたら早々に帰るのが正解かもしれない。このままだと、不自然に距離を取って歩いてしまうだろう。それくらい、今は瞬に近づきたくない。

（あ、でも、映画を見てる間は瞬さんを直視しなくて済む）

朋代は少しだけホッとした。

「で、どうする？　映画でいいかな」

「うん。お願いします」

朋代が頷くと、彼はニコニコ笑顔で映画館に向かって歩き出した。黒いモヤを引きずって、白くて細長いものをチラチラと見せながら。

——映画は、面白い。しかし朋代は、なかなかストーリーに集中できないでいた。

なぜなら、隣に座った瞬から、黒いモヤが少しずつ朋代に近づいているからだ。

（ちょっとちょっと、やめてよ〜！）

たらたらと背中に冷や汗をかく。黒いモヤは確実に朋代の肩にかかっていた。

もう、映画どころの話ではない。アクション要素たっぷりなミステリーが、ちっとも頭に入ってこない。それよりも、モヤが気になった。

(映画館に入れば瞬さんを見なくて済むって思ったけど、失敗した……)

なぜなら、映画が終わるまでここを動けないのだ。これは完全な失策である。

朋代がハラハラしていると、ふいに肩に冷たいものを感じた。

「ひっ」

ここは映画館という意識が、大声を上げることを躊躇(ちゅうちょ)させる。

朋代は両手で口を押さえたまま、カタカタと震えていた。

(なんか……冷たい……指みたいなのが肩に触れてる……!)

気のせいだと思い込もうとしても『ソレ』はリズムを刻むようにトントンと朋代の肩を叩いている。

気のせいではない。瞬がいたずらしているというわけでもない。

じゃあこの指みたいなものはなんなのか。もしかして、それはあの黒いモヤから出てきているのか?

(ひぃぃ……早く映画終わって!)

朋代は恐々としながら、肩を叩く感触に耐え続ける。

やっと映画が終わり、朋代はふらふらと立ち上がった。

「大丈夫？　疲れた顔してるけど」

「いや、そんなことないよ。でも、ちょっと画面酔いしたのかもしれないね」

朋代はごまかし笑いをして、さりげなく瞬から距離を取った。少なくとも、彼から離れたら肩を叩かれることはないだろう。

「んじゃ、ランチに行こうか。朋代ちゃんってどんな料理が好き？」

「えっと、なんでも好きだけど……最近は和食を食べることが多いかなあ」

百パーセント、ハガミの料理がおいしいからである。

瞬は「そうなんだ」と言って爽やかに微笑んだ。

「なんか、朋代ちゃんって、初めて会った時にも思ったけど、趣味が渋いよね」

「ご、ごめん。でも、なんでも好きだから、オススメの店とかあったら教えてほしいな」

「そうだねえ。近くにおいしい創作和食の店があるんだけど、どうかな？」

「創作和食！　おいしそう！」

朋代がぱっと相好を崩すと、瞬は優しく微笑む。

「なら、さっそく行こう」

さりげないエスコート。自然と、朋代の歩幅に合わせてくれる。

どこから見ても百パーセント完璧で、素敵な紳士だ。あのモヤさえなければ、朋代はすっかり瞬に恋していただろう。

（こんなにいい人っぽいのに、どうしてあんなに気味の悪いオーラを放っているんだろう）

それが不思議でならない。禍々(まがまが)しいものとは最も縁遠そうな人なのに。

創作和食はおいしくて、見た目もお洒落だった。小さい枠でいくつも区切られた木製の食器に、一口サイズの凝った料理が入っていて、いろいろな味を楽しむことができる。

「おいしいね〜！」

上機嫌になった朋代がぱくぱく食べていると、テーブルの向かい側に座っていた瞬が、ゆっくりと目を細める。

「朋代ちゃんは本当においしそうに食べるよね」

「いやあ、食い意地が張っちゃって」

「でも、遠慮してなにも食べてくれない人よりはずっといいよ。紹介しがいもあるしね」

爽やかな笑顔。白い歯がきらりと光る。

どこから見ても好青年。文句の付けどころがない。テーブルの向かいに座る朋代どころか、他の人達までチラチラと横目で瞬を見ているくらいだ。

（きっとモテるんだろうな。なのに、どうして私に声をかけたんだろう？）

特に際立って美しいわけでもないし、二次会ではかなり食と酒に走っていたので淑やかだったわけでもない。

たまたま、そういう飾らない女性がタイプだったとか。

そんなことを考えながら食後のデザートを食べていると、ふいに瞬の後ろのモヤがぐにょりと動いた。

朋代は驚愕のあまり、硬直してしまう。

なぜなら、そのモヤから白くて細い腕が出てきたのだ。

一本や二本ではない。その数、五本、六本、七本……。どんどん増えていって、まるで蝶のようにふわふわと手の平が揺れる。

「――で、さ。朋代ちゃんって普段はどんな仕事を……って、朋代ちゃん？」

瞬がなにか話しかけてきているが、朋代はそれどころではない。

（手、手が、手がいっぱい……！）

黒いモヤから伸びた白い手は、瞬の頬を撫でる。顎を撫でる。首を、胸を、べたべたと触っている。

でも、瞬はまったくそれに気づく様子がない。にこやかに、朋代に話しかけている。

り上げた。
朋代は引きつった笑顔でランチを乗り切ると、適当な理由をつけて早々にデートを切
瞬はなにも悪くない。だけど、直視できない。
（も、もう、限界かも）

「マーツーミーくーん！」

そして怒りの形相での帰還である。

朋代がリビングに入ると、アラヤマツミはテレビゲームをしていた。ローテーブルに
ゲームコントローラーを置いて、頭突きしたり尻尾の先を使ったりしてボタンを押して
いる。

「こらマツミ君。ゲームしてないで私の文句を聞け！」

サッとテレビ画面の前に立ちはだかると、アラヤマツミが「なっ!?」と顔を上げた。

「朋代よ、なんて無慈悲なことをするのじゃ。『まるちぷれい中』であるぞ！」

「マルチプレイ？　なにそれ」

「いんたーねっとを介し、様々な人間と協力したり対戦する遊び方のことじゃ。わかっ
たらそこをどくのじゃ。まーだー戦ってる最中なのじゃ～！」

「なのじゃ〜じゃない！　人のデートを邪魔した者に慈悲などやらぬわっ」

　朋代はテレビのリモコンを持つと、情け容赦なく電源を切った。液晶テレビが真っ暗になって、マツミの身体がビョンと伸び金色の目を見開かせる。

「なっ、なっ、なんという無体なことを！」

「うるさい。私の文句を聞きなさい」

　リモコンをソファにポフッと投げ捨てた朋代は、その場で仁王立ちになる。

「マツミ君が変なお守りをくれたせいで、私のデートはメチャクチャだったんだからね！」

「ほう？」

　しばらく床に伏せっていじけていたアラヤマツミは、ぴくっと反応して顔を上げた。

「これ、一体なんだったのよ。道ゆく人の背中に変なモヤが見えるし、瞬さんなんか真っ黒で、変な腕なんかも生えてきて、気味が悪いったらなかったのよ！」

　朋代がポケットからお守りを取り出して言うと、アラヤマツミは「そうか、そうか」と頷き、寝床のクッションベッドに移動していった。そして毛布に包まると、顔をぴょこっと出す。

「我がまじないをかけたうろこはな、人がこれまでに紡いできた縁を可視化するもの。

明るい色ほどよき縁のある人間で、暗い色ほど、悪い縁を持つのじゃ」

「え。じゃあ、瞬さんの後ろにあった黒いモヤは……」

ぞくっと悪寒を感じて、朋代は両腕をさする。アラヤマツミは厳かに頷いた。

「間違いなく、瞬という男は悪い縁ばかりを紡いできたというわけだ。さらに『手』まで現れるとは、よほど深い恨みを買っているのだろうな」

「恨みを買う？　あの瞬さんが？」

朋代はぱちくりと目を瞬かせる。

にわかには信じられない。だが事実、彼の背中に見えたものはあまりにも禍々しかった。

「聖人の顔をして悪行をなす者など、遥か昔から存在していた。さほど驚くようなことではあるまい？」

畳んだ洗濯物を片手に、ハガミがリビングに入ってきた。

「はーくん……」

「朋代、外見の印象で中身を測ろうとするから混乱するのだ。一度、先入観を捨ててみよ」

「先入観と言われても」

朋代はソファに座ると、腕を組んで考えた。

「そもそも瞬さんは結婚式の二次会で会ったばかりなんだから、彼のことなんてほとんど知らないも同然なんだけど」

知っているのは証券会社で働いていること、新郎の友人ということくらいだ。

「ならば、彼を知る者から話を聞いてみるとよかろう」

アラヤマツミは、朋代の膝に乗るとくつろぐようにとぐろを巻いた。

二次会でちょっといいなと思った程度の人で、これからどうなるかもわからず、そこまで彼と関わりたいわけではない。

(でも、見ちゃったしなあ)

あんなモノを見てしまった以上、放っておくのも難しい。

朋代はスマートフォンを取り出すと、結婚式の主役だった友人、香奈にメッセージアプリで連絡した。

『今日、瞬さんとデートしたんだけど、すごく優しそうな人だったよ。でも彼ってすごいイケメンだから、昔からモテてたんだろうな～って思っちゃった。実際どうだったの？』

世間話の体で聞いてみる。

するとほどなく香奈からメッセージが返ってきた。

『直接彼を知ってるわけじゃなくて、あくまでダンナから聞いた話なんだけど』

やけに歯切れの悪いメッセージだ。朋代はなんだか嫌な予感がする。

『朋代の言う通り、寺戸君ってすごく顔がいいから、学生時代からずっと女の子をとっかえひっかえしてたんだってさ。二股三股も当たり前だったみたいだよ』

「なんだと〜！」

朋代は思わず目を丸くした。

相貌がよいから女性の人気は高いだろうと思っていたが、そんなにも遊び人だったとは。

「あんなにもいい人そうな雰囲気を出しておいて意外すぎる……じゃなくて！」

朋代は必死の形相で香奈にメッセージを送る。

『そんな男だったなら、一言くれてもよかったのに！　二次会で、私が瞬さんに声をかけられてたとこ見てたでしょ〜!?』

『見てたけど、朋代なら大丈夫かなって。付き合った男が二股してたとわかったら、白昼堂々、張り手くらいは食らわすでしょ？』

「ちょっ、人をなんだと思ってるのよ。ヒドイ！」

返ってきたメッセージを非難すると、アラヤマツミがひょこっと顔を上げて朋代のスマートフォンを覗き込む。

「さっきからなにを騒いでおる？　と……なるほどのう。確かに朋代ならば、泣き寝入りなどと可愛い真似はせぬな」

メッセージを読んだアラヤマツミが納得したように頷く。朋代はそんな彼の鎌首を掴み、ぶんぶんと左右に揺らした。

「どういう意味かな～？　マツミ君～？」

「殺気を放ちながら、猫撫で声を出すでない～！」

朋代に揺らされながら、アラヤマツミが抗議の声を上げる。

「朋代は神に対する態度が実にぞんざいであるな……。まあ、今さらだが」

ハガミが呆れ口調で、朋代に言う。

「しかし、これでわかったであろう。人を見かけだけで判断してはならんのだ」

「いい人そうに見えたのになあ」

朋代はアラヤマツミから手を離し、残念そうに肩を落とす。

「まあ、よい勉強になったではないか。朋代にしたら残念であろうが、今後は連絡をとらぬが得策じゃのう」

「そうだねえ……」

残念な気持ちはあるが、顔はよくても平気で二股三股するような男は願い下げである。

後日、瞬から次のデートの誘いが来たものの、朋代は仕事を理由にして断った。

『――仕事大変なんだね、お疲れ様です。会えないのは寂しいけど、落ち着いたらまた連絡してほしいな。朋代ちゃんに会いたいよ』

瞬のメッセージは相変わらず丁寧で、かついい人そうな雰囲気を醸し出していた。

朋代は思わずクラッと絆されそうになってしまう。

香奈が言ったことが本当に正しいかどうかはわからない。なにか誤解があるのかもしれない。

恋多き男性なだけであって、二股などは根も葉もない噂である可能性もある。

顔がいいと、やっかみを受けたりもするのだ。モテる瞬に嫉妬した男たちがそういう噂を流していてもおかしくない。

もう一度会って話して、自分の目で人となりを確かめたい。憶測で人格を決めつけるなんてよくない。

朋代は悶々と考え込んでしまったが、アラヤマツミやハガミの助言を思い出す。

――人は見た目によらない生き物。善人の顔をして悪行をなす者もいる。

彼らは人よりも長く生きているからこそ、様々な人間のあり方も知っているのだ。

朋代は後ろめたさを感じつつも、瞬とはこれ以上関係を続けず、誘われても事務的に断ることにした。

それから二日後――。

仕事が早めに片付いた朋代は、メッセージアプリを立ち上げて、アラヤマツミに連絡した。

『今日は七時までに帰れそう。帰り道で買い物をする予定だから、足りない食材があったら買ってくるよ。はーくんに聞いてくれる？』

するとほどなく、ピコンと返信を受信する。

『ならば、いつもの商店街前で待ち合わせしようとハガミが言うておるぞ。我はげーむのとろこんに勤しんでいるため、留守番じゃ』

そんなメッセージのあとに、蛇が『いってらっしゃい』とハンカチを振るスタンプがつく。

「とろこんってなによ。古い神様のくせに、新しい言葉ばっかり使うんだから」

トロコンは、トロフィーコンプリートの略語なのだが、基本的にゲームをやらない朋代は、アラヤマツミが使う専門用語がよくわからない。

「ま、いいか。たまにははーくんとお買い物するのも楽しそうだしね」

朋代は了解のメッセージを送ってから、会社を後にする。

日があるうちに帰れるなんて、ずいぶんと久しぶりだ。

朋代は駅ビルのショッピングセンターで何着か季節の服を購入したあと、電車に乗ってアパートの近くにある商店街に向かった。

「えっと……はーくんは、魚屋さんの前で待ってるんだっけ」

商店街の入り口には錆びたアーチ状の看板があり、『はばたき商店街』と記されていた。

昨今は大型スーパーが幅を利かせているが、この商店街は近隣住人に親しまれている。

ハガミも気に入っているようで、頻繁にここで買い物をしているようだ。

朋代が魚屋に向かうと、その店の前には人間に擬態したハガミが立っていた。遠目で見てもわかるほど、彼の身体は大柄で、厳めしい顔つきをしている。

「はーくん、お待たせ～」

「うむ。今日もよく勤勉に励んだようだな。結構であるぞ」

「それってつまり『お仕事お疲れ様』って言いたいんだよね？」

朋代はクスクス笑う。ハガミの独特な言い回しにもすっかり慣れてしまった。

「毎日暑いゆえ、精のつく料理でも作ろうと思ってな。この商店街の魚屋は、手ごろな価格でなかなか良質なものを仕入れてくるのだ」

　そう言って、ハガミはさっそく店頭に並ぶ魚を品定めし始めた。

「ここは景気よく鰻（うなぎ）といきたいところだが、朋代の稼ぎでは贅沢するのはなかなか難しいな……」

「本人が隣にいるのに容赦ないですね……」

　毎月ハガミに食費を渡している朋代は、ムッと唇を尖（とが）らせた。

（でも、はーくんが毎日料理をしてくれるおかげで、だいぶ節約できているんだよね）

　ありがたい話である。ハガミは生活費のやりくりも上手なのだ。古き良き日本人らしさがあるというか、質素倹約を地で行くのである。

　そして浮いた生活費は貯金に回したり、アラヤマツミのゲームソフトになったりしている。

（ま、たまにはいいか）

　朋代の小遣いはまだ残っている。夏服のセールが思っていた以上にお得だったのだ。

「じゃあ、今日は私が出すから、うなぎにしようよ」

「ほう、太っ腹だな。ならばとびきりの鰻料理を作ってやろう」

ハガミが心なしか嬉しそうに言った。

そして魚屋でうなぎの蒲焼きとタコの刺身を購入したあと、八百屋に寄ってキュウリなどの野菜を選んだ。

「夕ごはんのメニューはもう決まってるの？」

「うむ。朋代のおかげで質のよい鰻も手に入ったからな。鰻の混ぜご飯、う巻き、それから、蛸と『もろへいや』なる野菜を使った、とろみのある酢の物を考えている」

「ほぉ～おいしそう！　うなぎは日本酒はもちろん、ビールにも合うんだよね。うーん、ビール買っちゃおうかな……でも、ビールを買うとマツミ君が拗ねるんだよね」

ハガミと帰り道を歩きながら、朋代は腕を組んで悩み顔をする。

アラヤマツミは朋代に酒を造ってあげるのを日課にしており、それをおいしそうに飲む朋代を見て嬉しそうにしている。だからこそ、ビールに限らず他の酒を買ってくると、彼はたちまち不機嫌になってしまうのだ。すごすごと寝床に戻っていき、とぐろを巻いて「我は用済みなのじゃ」などと愚痴りつつ、数日間いじけている。そして朋代が「マツミ君のお酒が飲みたいな。造ってください」と三回くらいお願いしないと、一切酒を造ってくれなくなる。

率直に言って、アラヤマツミはへそを曲げると非常に厄介なのである。

「つくづく面倒くさい神様だよねえ……」

「むしろ、人間に都合のよい神などいたためしがないぞ。古来より神とは自分勝手で気まぐれな存在だ。我も含めてな」

西日がまぶしい住宅地で、ハガミが淡々と言う。

「確かにそうかも。自分の機嫌ひとつで太陽を隠してしまったりね」

「うむ。そういう伝説を持つ神もいるな」

くっくっとハガミが笑う。

「だが、神は共通して人間を好いておるものだ。アラヤマツミ殿はもちろん、我もな。……まあ、我の場合はかつて好いていたという表現が正しいが」

「今は……やっぱり、嫌い？」

朋代は横からハガミを見上げた。彼はチラと朋代に目を向けたあと、ゴホンと咳払い(せきばら)をする。

「人が我を忘れ、天狗に身を堕とした恨みの気持ちは、これからもずっと忘れることはない。だが、真に人を嫌っていたなら、そなたのために料理を作るはずがなかろう」

「へへ、そっか」

朋代がニヤニヤと笑みを浮かべて、ハガミはぷいっとそっぽを向く。こういう照れ屋なところに、朋代はなんとも言えない可愛げを感じるのだ。

「ところで、モロへイヤってさ……」

朋代が話題を変えようとしたところ、ハガミがふいに足を止めた。

「はーくん、どうしたの？」

「うむ……実はな。商店街よりずっと、我らの後ろを何者かがついてきておるのだ」

「え？」

朋代も立ち止まって、思わず後ろを振り向いた。しかし、夕陽（ゆうひ）に照らされる細い道路があるのみで、人の気配は感じられない。

「誰もいないけど……？」

「今はそこの塀の陰に潜んでいるのよ。人数は三人くらいであるな。しかし奇妙なことに敵意を感じぬのだ。はてさて、何用があって我らの後をついてきておるのか」

エコバッグを下げたハガミはグルッと後ろを振り返る。そして、大声を出した。

「そこのおなごども。表に出るがいい。話があるのなら我が聞こうぞ！」

低く威厳のある声が、夕焼けに染まる閑静な住宅地に響く。

朋代がジッと見守っていると、ほどなく、塀の裏側からわらわらと三人の女性が現れた。

（はーくんが言った通りだ。すごいなあ）

朋代はまったく気づかなかったのに、さすが天狗と言えようか。察知能力が人間より遥かに優れている。

「えっと、あなたたちは？」

朋代は夕陽に映る三人の女性を見つめる。

ハガミが言うように、敵意は感じなかった。どちらかといえば困惑しているような、自分たちのことをどう説明しようかと悩んでいるような感じだ。

それにしても、三人の女性はまったくと言っていいほど、雰囲気が違っていた。

ひとりは女子大学生だろうか。ショートヘアの顔立ちは若々しく、スポーティなショートパンツを穿（は）いている。もうひとりは会社員らしい。落ち着いた相貌にパステルカラーのカットソーとフレアスカートを可愛らしく着こなしている。そして最後のひとりは朋代と同じくらいか、少し年上に見えた。大人びた化粧が似合う、眼鏡をかけたパンツスーツの女性だ。

なんというか、共通点がひとつもない。年代も服の趣味もバラバラといった印象である。

彼女たちは互いに目を見合わせると、覚悟したように頷き合った。

そして、会社員風の女性が代表として前に出る。

「あ、後をつけてごめんなさい。私たち、実は――」

ぐっと拳を握りしめ、女性はまっすぐに朋代を見つめる。

「〝寺戸瞬被害者の会〟のメンバーなんです！」

「……え？」

一瞬、なにを言っているのかわからず、朋代の目がテンになった。


とりあえず場所を変えようと、朋代は三人の女性を自分のアパートに招いた。

リビングのソファに座る女性たち。

ローテーブルにお茶を運ぶハガミ。

そしてラグマットで正座をしているのはいつの間にかしれっと変化した、人間型のアラヤマツミ。

女性たちは興味深そうにチラチラとハガミやアラヤマツミを見た。

「あ、あの……先に質問したいのですけど」

「このふたりについての質問なら、ノーコメントだからね」

朋代が牽制（けんせい）すると、三人は一様に黙り込んだ。

だって説明が面倒くさいのだ。しかも、どうごまかしても納得してもらえる自信がない。

「ふむ、それにしても被害者の会とは穏やかではないな。一体そなたらはどういう集りなのじゃ？」

いつも通り、のんびりと穏やかな口調でアラヤマツミが尋ねる。

この和服イケメンは何者なのか。そしてかいがいしく茶を配る厳つい作務衣男と朋代に和服イケメンはどういう関係なのか。

きっと三人とも、同じ疑問を抱いているだろう。彼女たちはお互いに目配せし合ったが、今はそれどころではないと思い直したのか、意を決したように顔を上げる。

「実は！　……その、私たちは、寺戸瞬の元カノなんです」

「ほう」

「ちなみにメンバーは二十人くらいいます」

「なかなか多いのう」

「もちろん会のメンバー以外にも、彼の元カノはたくさんいます。総勢で何名になるのかは、私たちにもまったくわかりません」

「それはまた豪気な話だのう。我は世俗に疎いが、今時の日本男子というものは、数十人のおなごと付き合うのが普通であるのか？」

　女性たちの話を聞いていたアラヤマツミが不思議そうに首を傾げるので、朋代は「そんなわけないでしょ」とツッコミを入れた。

（とんだ遊び人じゃない。香奈の言ってた噂はまぎれもない真実だったのね）

　朋代は憤然とした様子で腕を組む。

　別に何十人と付き合おうが、その人の勝手だ。好きにすればいい。

　だが、相手を傷つけるような付き合い方をするのであれば、話は別だ。朋代は不誠実な男性は好きではない。

「それで……どうして、私のあとをついてきたの？」

　朋代が尋ねると、一番年上に見える女性が申し訳なさそうに俯いた。

「あとをつけたのは、ごめんなさい。会のメンバーから、寺戸が新しい女と街を歩いているって知らせを受けたもので……」

「ああ、あのデートの時のことね」

　朋代は納得して頷く。ついでに、あの日は大変だった……と思い出す。

「私たち、これ以上彼の被害者を増やしたくないと思って、彼が新しい女を作るたび、その人に忠告しているんです」

会社員風の女性が深刻な表情で言う。

「寺戸は、いかにもモテなさそうな女性に声をかけて、デートでその気にさせて、ホテルに誘い……そして、関係を持ったら即座に捨てる。そういうことを繰り返しているんですよ」

「な、なんですって」

朋代は目を見開いた。同時に怒りがこみ上げて、その気配を察知したアラヤマツミとハガミはサッと身構えた。

「私たちは皆、その被害者なの。大学時代の彼は二股や三股かけてるって噂が流れてましたけど、本当は、そんな可愛いものじゃない。彼は夜のひとときを楽しむためだけに、モテない女性を食い漁ってるの！」

学生らしい女性がぐっと拳を握りしめる。その瞬間、朋代の怒りは沸点に達した。

「なんてやつなの！　いろいろな方面で許せない！」

朋代の背には、修羅さながらの怒りのオーラがみなぎっている。朋代が本気で怒ると誰もその怒りを止められないのだ。アラヤマツミとハガミはよく理解しているので同時にため息をつく。

「ヤリ捨て野郎なのはもちろんだけど、あの二次会で私に声をかけた本当の理由は……

あの中で一番モテなさそうな女だったからってことでしょ!? 失礼すぎるじゃない!」

ずっと疑問に思っていたのだ。どうしてあの二次会で、彼は朋代に声をかけてきたのだろうかと。アラヤマツミもハガミも疑問を口にしていた。しかし、まさかそんな理由だったなんて思いもよらなかった。

「寺戸瞬。許すまじ!」

この瞬間、朋代にとって寺戸瞬は敵と認定された。ビシッと三人の女性に指を突きつけ、朋代は断言する。

「私が、あの男と話をつけてくるわ。絶対に引導を渡してやるんだから!」

「朋代さん……」

「なんかカッコイイですっ!」

「お、応援してます。頑張ってください!」

燃え上がるような気合いを見せる朋代に、感激する元カノたち。

こういう時の朋代は完全に後先を考えていない。いわば暴走状態である。

アラヤマツミとハガミは互いに目配せして、頷き合った。

朋代はさっそく瞬に連絡を入れた。

なにも知らない彼は無邪気に喜び、会う日取りを決める。

一応、アラヤマツミのお守りをポケットに忍ばせてきたが、久々に会った彼の背中には相変わらず、禍々しい黒いモヤがあった。

「仕事が忙しいって言ってたけど、楽になったんだね。よかったよ〜」

キラキラした笑顔で、爽やかさを振りまく瞬。

この顔に、多くの女性が騙されてきたのだ。

被害者の会の話によれば、彼は二回目のデートで必ずホテルに誘うという。

「ええ。一生懸命仕事したからね〜」

朋代は笑顔を維持しながら、彼と適当に話を合わせて機を窺った。

デートの内容は、前回と同じように当たり障りのないもの。駅ビルで服を見たり、輸入雑貨店で可愛い小物を探したり。

「朋代ちゃんって蛇が好きなの？」

雑貨屋で蛇の箸置きを手に取った朋代に、瞬が朗らかな口調で言う。

「え？　ええまあ。蛇とは妙な縁があるので、自然と目についちゃうんだよね」

「ふぅん……」

「瞬さんは、蛇ってどうなの？」

「うーん、正直言うと好きじゃないかな。でも俺、生き物自体が苦手だからねえ」

珍しく、瞬が苦々しい表情を浮かべた。

「そうなの?」

「飼うとどうしても匂いがするじゃない。動物園も臭いしさ。それに蛇って気持ち悪いでしょ? にょろにょろしてるところとか、ちろちろしてる舌とか」

どうやら相当、生き物が苦手なようである。

朋代は思わず呟いてしまった。

「蛇は可愛げがあると思うけどな……」

「え、今、なにか言った?」

「ううん、なんでもないよ」

朋代は笑ってごまかす。ついアラヤマツミのことを思い出して言ってしまったが、彼とペットの蛇を同じと考えてはいけない。

「そういえば……もうこんな時間だね」

ふいに瞬は、ポケットからスマートフォンを取り出した。

「ん? ああ、もう三時だね」

今日は午後一時に待ち合わせて、そのまま駅ビルに入ったので、二時間ほどビルの中を散策していたようだ。

「ねえ朋代ちゃん、ちょっと休憩しようよ」

「うん、いいよ。お茶でもする？」

朋代がそう言うと、瞬が意味深な笑みを浮かべる。

「お茶もできるけど、もっといろいろできるところに移動しようよ」

「いろいろ？」

瞬は訝しむ朋代を連れて駅ビルを出る。そして表通りから逸れて、人通りの少ない路地に入っていった。

「ここは……」

朋代はきょろきょろあたりを見回す。明らかにそこは、いわゆるホテル街だった。

「結構、お洒落なところもあるんだよね。予約したほうが確実なんだけど」

あくまで自然に。だが露骨に、瞬は朋代をホテルに誘っていた。

（なるほど。こうやって、さりげなくホテルに入ってしまおうって魂胆なのね！）

朋代の目つきがギンッと鋭くなる。そして彼の歩みを止めるように前に回り込むと、その場で仁王立ちになった。

「ついに正体を現したわね。アンタのネタはもう上がってるのよ！」

「え、いきなりなんの話？」

瞬は不思議そうに首を傾げた。その仕草は、本気でわかっていない様子である。

（そんな可愛い顔をしてられるのも、今のうちなんだからね！）

朋代はお腹に力を入れて、ビシッと瞬を指さした。

「……寺戸瞬、被害者の会」

「はい？」

「そう名乗る、アンタの元カノたちから話を聞いたのよ。なんでも、モテなさそうな女に声をかけては、ホテルに連れ込んですぐにポイと捨てるんですってね」

昼下がりの、人のいない裏通り。ギラギラと照らす太陽を、白い雲がゆっくりと隠していく。

「被害者の会、ねえ」

心なしか、瞬の声色が仄暗（ほのくら）く変わった。

「それって具体的に誰のこと？　名前を教えてほしいな」

瞬はずっと笑顔のまま。しかし、弧を描いた瞳はまったく笑っていなかった。

「悪いけど、名前は聞いてないわ」

「へえ、朋代ちゃんは、そんなよくわからない人たちの話を信じるの？」

「それを言うなら、私はアンタのことだってロクにわかってないよ」

「確かにそうだね。でも、これからわかり合うんだし、いいじゃない」

「ホテルでなにをわかり合おうっていうの？　ふざけてんじゃないわ。普通の男はね、会って二回目でホテルになんか誘わない」

すう、と息を吸って、朋代ははっきりと言葉を口にする。

「だいたい、アンタも私のことをよく知らないでしょ。そんなヤツとホテルに行きたいと思う時点で恋愛感情じゃないのよ。アンタはいっとき遊びたいだけなんでしょう」

そう指摘すると、瞬は俯いた。やがて肩を揺らして笑い始める。

「あはは、すごいな。正論すぎて驚いたよ。今まではどんな女でも、こうやってホテルに誘えば、困惑した顔はしつつもノコノコついてきたのにね」

顔を上げた瞬は、もう、朋代の知る瞬ではなかった。

爽やかな笑顔が嘘だったみたいに、目を凶悪につり上げている。

「……そういう人を選んでいたんでしょ。おとなしくて、断るのが下手で、優しい人ばかりをね」

「そうだね。付け加えると明らかに男慣れしてなさそうな、非モテ女が狙い目だった。顔がいいのは得だよね。ちょっと甘やかすと、すぐその気になってくれる」

明らかに下衆(げす)い言葉に、朋代は嫌悪感を露わにした。

「まあ、相貌のよさが得なのはわかるわ。ニートでゲーマーでいつも偉そうだけど顔が抜群によくて憎めない知り合いがいるからね」

「そんな知り合いがいるの？　あーあ、朋代ちゃんに声をかけたのは失敗だったなあ」

瞬は後ろ頭を掻いて、残念そうに首を横に振った。

「二次会で見かけた時は、いかにも干物女で色気のイの字もなかったからさ。押せば意外と早く落ちるかなって思ったんだけど、とんだ計算違いだったよ」

「それは悪うございましたね！」

「気は強いし、甘やかしてもデレないいし、俺に媚(こび)ひとつ売らないし。前回のデートなんかさ、ランチ食べてさっさと切り上げたでしょ。結構ショックだったよ」

確かに前回のデートは、トータルで三時間くらいの短いものだった。しかしそれには理由がある。今も彼の背中に見えている黒いモヤが原因なのだ。

「私のことはどうでもいいの。ただもう、こういう『遊び』はやめたほうがいい。女性が傷つくのはもちろん、アンタだって幸せになれない。自分の行動が不毛だって、自分でもわかってるんじゃないの？」

朋代は表情を引き締めると、まっすぐに瞬を見つめて言った。

でも朋代自身、自分の言葉にはなんの効力もないとわかっていた。

自分の言葉で、彼が変わるなんて露ほども思っていない。

親でも恋人でもない。まだ数回しか会っていない他人にこんなことを言われて、素直に忠告を聞く人なんているわけがないのだ。

(それでも『誰か』が言わなくちゃいけないことなんだよ)

案の定、瞬は朋代を小馬鹿にするように鼻で嗤った。

「アンタが、俺の幸せを語るなよ」

「ええそうね。でもこれだけは断言できる。アンタが今やってることは、男として最低のことよ」

「俺の本質を見抜けず、顔がいいからって理由で誘いに乗る女だって悪いだろ。別れたあとに文句言われてもこっちは迷惑だ。俺は、無理強いはしてないよ」

ふ、と瞬が朋代を嘲り笑う。

だが朋代は悲しくなって、目を伏せた。

「違うよ。なんでわかんないの。彼女たちが誘いに乗ったのは、アンタの顔に惹かれたんじゃないよ」

「は？」

瞬が不可解に顔を歪ませた。

一体、なにが理由で、彼がこんなふうに歪んでしまったのかはわからない。

少なからず女が相貌のよい男に甘くなるのは本能のようなものだ。仕方がない……

と朋代は思っている。

(でもさ、イケメンに弱いのと、身体を許すのは、別の話なんだよね)

ふぅ、と朋代はため息をついた。

「あんまり女を安く見ないで。好きじゃなかったらホテルなんか行かないよ。好きになったから身体を許したのよ。そんなこともわかんないの?」

世の中にはいろいろな人間がいるので、顔が全てという女性もいるだろう。だが、被害者の会のメンバーは違うと思った。

彼女たちは、いっときでも真剣に恋をしたから、関係を持った直後に捨てられたのが悲しかったのだ。これから恋が発展すると信じたのに裏切られたから、許せなかった。

瞬は、少し驚いた様子を見せる。

「たった数回会っただけで、人は恋をするのか?」

「一目惚れだってあるんだし、おかしなことじゃないでしょ」

「俺がこれまでに声をかけた女が皆、俺に惚れてたってこと?」

「そうなんじゃないの。だって本性を現す前のアンタ、すごく優しくて素敵な人だった。アンタは騙すためにやったんだと笑い飛ばすかもしれないけど、人の本性なんて隠されたらわからない。だから彼女たちにとって、アンタの優しさは……裏切られる直前まで、本物だったのよ」

朋代は静かに、諭すように言う。

その言葉に、瞬はまるで鳩が豆鉄砲を食ったような顔をした。

やがて、耐えきれなくなったようにけたけたと笑い出す。

「なるほど！　うん、なんだか腑に落ちた気分だ。いやあ俺もさ、どうしてこんなにコロコロ騙されるんだろって思ってたんだよ。つまりはさ、俺の演技力が桁外れに高くて――そして、俺が捨ててきた女は想像以上におめでたい頭をしてたわけだ！」

瞬は楽しそうに言ったあと、鞄からスマートフォンを取り出す。

そして、意味深な笑みを浮かべて朋代を見た。

「それならなおさら、現実の厳しさってやつを教えてやらないと気が済まないなあ」

「……なにをするつもり？」

「俺さ、結構用心深いんだよね。こんなふうに遊んでると、たまに恨みを買ったり、ストーカー化されたりすることもあるわけ。だからさ、いつでも仕返しができるように、女の個人情報を集めていたんだよ。もちろん写真つきでね」

　にっこりと笑う。朋代は嫌悪の表情を浮かべた。

「朋代ちゃんから話を聞いて、やっと合点がいったよ。最近さあ、俺が声をかけても、すぐに逃げられてばかりだったたんだ。きっとその被害者の会とやらが余計なことをしているからだよね」

「余計なことっていうか、当然の忠告だと思うけど」

「俺にとっては迷惑なことなんだよ。でもさ、残念なことに、朋代ちゃんはそいつらの名前を教えてくれない。だからさ、全員に仕返しすることにするよ」

　そう言うと、瞬は両手を広げた。彼が企んでいることを察知した朋代は、ぐっと唇を噛む。

「まさか、個人情報をネットにばらまくなんてバカなことはしないよね。犯罪だよ」

「俺だとバレないようにやれば犯罪じゃないさ。もちろん君の情報も摑んである。残念なことに、君はSNSを一切やってないようだから、たいしたダメージにはならないだろうけど……それでも、勤めてる会社の名前くらいは知ってるよ」

　朋代の表情が悔しそうに歪み、瞬はしてやったりと勝利の笑みを浮かべた。

　その時、後ろから涼やかな声が聞こえた。

「そなたの武器は『情報』か。ならば、こちらにも考えがあるぞ」

聞き慣れたその声に、朋代は「えっ⁉」と振り返る。

するとそこには、人間に擬態したアラヤマツミとハガミが立っていた。

「ちょっ、もしかして私のあとをつけていたの？」

「うむ。空の上から登場の機会を窺っておった」

和服姿のアラヤマツミがにんまりと笑顔を見せる。おそらくは、カラス姿のハガミに乗せてもらって、空から様子を見ていたのだろう。

だが、そんな芸当ができるなど想像もしていない瞬は訝しげな顔をして「空の上？」と呟く。

「まあ、我がどこに潜んでいたかはどうでもよい話じゃ。問題は、そこの男がこれからなそうとする悪行であろう。ああ、ちなみに——瞬といったかな？　そなた、もう今までの方法でおなごを釣り上げるのは無理であるぞ」

からころと下駄の音を鳴らしながら、近づいてくる。突然現れた挙げ句、こちらの事情を全て見透かしているような態度。そして息を呑み込むほどの美形ぶりに、さすがの瞬も唖然としていた。

朋代の隣まで歩いてきたアラヤマツミは、鷹揚に腕を組んでみせる。

「なに、簡単なことじゃ。そなたのＳＮＳのあかうんとを凍結させたのよ」

「は？」

「えっ？」

瞬どころか、朋代までが口をぽかんと開ける。アラヤマツミは「説明せねばわからんかのう」と長い前髪をいじくりつつ、話し始める。

「朋代から瞬の名刺を借りた時に、そなたの個人情報をひと通り調べたのじゃ。ＳＮＳのろぐも漁ったが、いろいろな証拠がざくざく掘れてな。そなたは己自身のねっとりてらしーは低いようだのう。安易に自撮り写真を載せるものではないぞ」

「な、な、え？」

瞬が目を白黒させている。確かに、いかにも時代錯誤な古い言葉遣いに仰々しい和服を着た男が、個人情報を調べただの、ネットリテラシーだの語り始めたら、誰だって彼みたいな態度になるだろう。

アラヤマツミは古い神様であるくせに、朋代よりもインターネットに精通しているのだ。

「そなたは普段、ＳＮＳを通じておなごに声をかけておった。ゆえに、我が運営会社に通報したのじゃ。少なくともしばらくは、これまでのようにおなごを探すことも、個人情報をばらまくこともできぬぞ」

「そ、そんなバカな。女に声をかけたくらいでアカウントが凍結されるわけないだろ！」

「うむ、然りじゃな。しかしのう、我はそなたの性格からして、個人情報を掴むくらいはしているだろうと予想しておった。ゆえに、我はちいと先回りして、おなごたちが脅迫されておるぞと通報したのよ。もちろん、被害者の会のめんばーにも協力してもらったぞ」

「い、いつの間に……。行動が迅速すぎない？　マツミ君」

被害者の会とも連携していたなんて、初耳である。

アラヤマツミは茶目っ気のある笑顔を見せたあと「このくらいは朝飯前じゃ」と言った。そして、改めて瞬に顔を向ける。

「わかったか？　そなたが完璧だと信じた『武器』は、そのくらいの対処で瞬く間に無力化されるものじゃ。それに、どのような方法を取ったところで、数十人の個人情報を流せば必ずお縄になる。今の世というのは、そういうふうにできておる」

全てを悟ったような顔をして語り始めるアラヤマツミに、瞬は嫌悪を露わにした。

「朋代がそなたに言った言葉。少しも心に響いておらぬか。朋代にしてはよいことを言っていたと思うぞ。刹那（せつな）の営みなどは、繰り返すほどに虚しくなるものじゃ。人間は古来より、愛を求める生き物なのだからな」

「犬や猫にも互いを慈しむ感情はあるが、人はそれよりも欲張りだ。独占欲、支配欲、肉欲、情欲。それら全てを欲しがるのが人間だというのに、そなたは肉欲のみで満足しているのか。そんなはずはなかろう」

アラヤマツミの後ろに控えていたハガミがゆっくりとこちらに近づいてくる。

瞬は、一歩後ろに下がって、ふたりの迫力に負けじと睨みを利かせた。

「な、なにを言っているんだ。アンタら、意味不明なんだよ」

アラヤマツミの金の目は、全てを見透かす神様の目。

彼にかかれば、瞬がどれだけ隠そうとしても無駄だ。なにもかもをわかっていると言わんばかりの目で見つめられて、平然としていられる人間などいない。

「そなたは忘れておるだけじゃ。かつては、そなたにも本当の意味で愛したおなごがいたはず。しかし、なにか事情があってそなたはおなごに『心』を求めなくなった」

アラヤマツミは目を伏せて、悲しそうに話し続ける。

「だが、確約のない愛は互いを傷つけ合うものだ。そのような破滅的な日々を繰り返せば、いつか手痛いしっぺ返しを食らうことになる。それでもそなたは、行動を改めるつもりはないのか？」

彼は真剣な表情で諭した。しかし、そんな説得で心を入れ替えるようなら、瞬は何十人と女をたぶらかし、弄(もてあそ)んではいないだろう。

案の定、瞬は一笑に付す。

「つまり、女遊びはもうやめろって説教をしてるつもりか？　――やめるかよ。別に今は、罪を犯してるわけでもないんだし」

「ふむ。わかり合えなくて残念じゃのう」

「ああ、残念で結構。まあ、世の中には俺みたいなクズ野郎もいるってことさ」

話はこれで終わりだと言わんばかりに、瞬は両手を広げた。

すると、ハガミがアラヤマツミや朋代より一歩前に出る。

「いつもなら捨て置くような人間だが。そなたを愛し、裏切られ、悲しみ泣いたおなごたちよりお願いをされてしまった。――まったく、我は切実な『お願い』につくづく弱い」

ふぅとため息をついて、ハガミはスッと右手を上げた。

「灸(きゅう)を据える……というほどではないが。ちと、おぬしが繰り返してきた悪行がどのような結果を生み出しているのか、その一部を見せてやろう。しかと目に焼き付けるがよい」

　ふわりと、ハガミはその無骨な手を蝶のように揺らした。

　その厳格な佇まいからは想像できないほど、ハガミの仕草が雅やかだったから、瞬はもちろん、朋代まで彼に見入ってしまう。

「――え」

　ふいに、瞬が戸惑いの声を出した。朋代が振り向くと、彼は驚いた顔をしてあたりをきょろきょろ見回している。

「な、なんだ、これ。やめろよ！」

　一体瞬の身になにが起きているのか。

　朋代が困惑していると、アラヤマツミが説明する。

「今、朋代が見ているものと同じものを、瞬にも見せたのだ」

「それって、あの黒いモヤのこと？」

「そう。あれは瞬が今まで築き上げてきた縁そのものじゃ。あの者に裏切られたおなごの恨みや憎しみの感情が、その身の周りに渦巻いておる」

　ふわりと、モヤから白い手が現れた。

「ひっ！」

瞬がびくりと身体を震わせる。

朋代が以前も見た、白くて細長い、女の手だ。その手はなにかを探すように当てもなく指を彷徨わせ、やがて瞬の頬にぺとりと張り付く。

「やめろ、気持ち悪い！」

瞬はその手を払いのけた。しかし次は反対側から手が現れて、瞬の首をするりと撫でる。

「やめっ、やめろ、ひぃっ、あっちいけ！　うわあっ！」

黒いモヤから次々と手が現れて、頭に、背中に、腰に、巻き付く。

「……一体、どれだけの女性を騙してきたのよ」

朋代は思わず呆れた声を出してしまった。あの手が全て、彼が裏切ってきた女性の恨みだとするなら、相当な人数だろう。

瞬はしばらくの間、半狂乱になってわめきながら、手を振り回していた。しかしふいに、彼の動きがぴたりと止まる。

瞬は朋代のほうに顔を向けて、信じられないものを見たかのように目を見開いた。

「え、お前。お前は……誰だっけ」

いや。正確に言えば、彼は朋代を見ていない。朋代と瞬の間に誰かがいて、その人を見ているような。

彼の顔がだんだんと青ざめていく。そして、後ずさりした。

「お、お前は。お前は……死んだ……はずじゃ……」

すると、瞬の口に白い手がぺとりと触れた。途端、瞬は金切り声のような悲鳴を上げて、なにかから逃げるように走り去っていった。

「……まあ、一刻も経てば、視覚化された縁は見えなくなる。その時、少しでも悔い改めてくれたらよいのだがな」

ふぅと嘆息しながら、ハガミが言った。

「最後になにか見たみたいだけど、なにを見たんだろう」

死んだはずと、彼は言っていた。もしかして、モヤと一緒に幽霊でも見てしまったのだろうか。

急に背筋がゾクゾクして、朋代は二の腕を撫でてあたりを見回す。

「ま、まあ、とりあえず灸を据えることはできたみたいだし、帰ろうか。まさかふたりがついてきてるとは思わなかったけど」

「朋代は怒り出すと、こう……一直線だからのう」

「たいした策もなく本人に突撃するであろうことは予想に難くなかったので、あれこれと先回りしていたのだ。特に、アラヤマツミ殿はずっといんたーねっとで瞬のことを調べていたのだぞ」

アラヤマツミとハガミに言われて、朋代はバツの悪そうな顔で頭を掻く。

「う……。知らなかったよ。ごめんね、ありがとう」

そういえば最近、アラヤマツミの就寝が遅く、朝も生あくびが多かった。てっきり深夜までゲームをやり込んでいるのだろうと思っていた朋代は、自分が暢気だったと反省する。

「よいのじゃ。我にとって朋代は大切な家族。家族を助けたいと思うのは当然であろう。ハガミもそうだからこそ、協力してくれたのだからな」

朋代がハガミを見上げると、彼は浅黒い顔をほのかに赤くさせて、そっぽを向いた。

「わ、我は、単にアラヤマツミ殿に付き合ったに過ぎぬ。面倒事はさっさと片付けるに限るしな。さて用も済んだし、もう帰るぞ」

ぎくしゃくした動きでくるりと回れ右をし、スタスタと裏通りをあとにした。朋代とアラヤマツミは互いに目を合わせて、くすりと笑う。

「我らも行こうか」

「うん」

アラヤマツミが背を向けて歩き出し、朋代は彼についていく。

その時、ツンと袖が引っ張られた気がした。

「んっ？」

振り返る。しかし、誰もいない。

「ありがとう。ちょっとだけ、気持ちが晴れたわ」

どこからともなく、綺麗な女性の声がした。

朋代はバッと両手で耳を塞ぎ、右に顔を向けて、次は左に向ける。

しかし、あたりには人ひとりいない。

（なに、今の声……まさか……）

思い出すのは、瞬の驚愕の顔。死んだはずと口にした言葉。

「ちょっ、マッ、マツミ君、待って～!!」

朋代は転がるように走り、アラヤマツミの着物の袖をぎゅっと握りしめて、早足で裏通りを後にしたのだった。

後日――。
朋代は仕事帰りに、香奈と電話で話していた。

「ふぅん、瞬さん、そんなに落ち込んでるんだ」

寺戸瞬があのあとどうなったのか。もしノイローゼにでもなっていたらどうしようと心配した朋代は、香奈を通じて彼の様子を探っていた。

『ダンナが言うには、だけどね。ＳＮＳのアカウントが凍結されちゃったこともあって、あの人にしては珍しく、まったく女性に声をかけてないいんだって』

香奈は他にも『白い手が見えると呟いてた』だの『常に変な声が聞こえる』など、寺戸瞬が相当怖がっていることを教えてくれる。

『それでね、様子のおかしい彼を心配した友達が、気晴らしに街でナンパしようって誘ったらしいんだけど、途端に青ざめて「二度とナンパはしない！」って怒ったみたいなの』

「それは……なるほど。とりあえずは、彼に遊ばれてポイされる女性がこれ以上増えないようでよかった、のかな」

瞬の心中を思えば手放しに喜べないのだが、被害者の会に新規メンバーが入ってこなくなったのはよいことだろう。

香奈は『そうかもね～』と言ったあと、声を潜める。

『あとさ、なんか彼……最近、幽霊を見たらしいよ』

「幽霊？」

『昔付き合ってた幼馴染みらしいんだけどね……』

そう言ったあと、香奈は声のトーンを低くした。

『そのころは今みたいに遊んでなくて、彼女一筋だったのよ。でも、その恋人を事故で亡くして……それから人が変わったようにナンパするようになったんだって。その恋人の幽霊に、死んでも許さないって言われたって、ダンナから聞いたよ〜』

朋代はゾクッとして、あたりを見回す。

やっぱり、あの時に聞こえたのは、瞬の恋人の声だったのだろうか。

ふいに、ハガミが前に言った『霊なんぞあちこちにいるぞ』という言葉を思い出してしまい、朋代は早々に電話を切ると、駆け足になって家路を急いだ。

「はぁーっ、ぜぇーっ」

アパートに到着するころには全速力で走っていた。朋代は肩を上下させて呼吸しながら、よろよろと郵便受け箱に向かう。

カパッと箱の蓋を開けると、中にはクレジットカードの請求書と水道メーターの検針票、そしてレターサイズの白い封筒が二枚入っていた。

「げっ」

受け取りたくない気持ちになりつつも、朋代はそれらの郵便物を回収し、アラヤマツミとハガミが待つ家の玄関ドアを開けた。

「おかえりなのじゃ！」

「これで今年六件目よ！　最高新記録！　もう勘弁して〜っ！」

家に入るなり、出迎えてくれるアラヤマツミと、虚空に向かって叫ぶ朋代。

「なんだ。帰って早々うるさいぞ」

リビングから、割烹着姿のハガミがひょいと顔を出す。

「見てよこれ！　また結婚式の招待状が来たの！　喜ばしいものの恐ろしい知らせです。去年は四件だったのに、皆、結婚しすぎじゃないの!?　世は晩婚化してるのではなかったのか！」

「お、落ち着くのじゃ朋代よ。まずは深呼吸じゃ」

床の上でアラヤマツミがぷるぷると顔を震わせている。

「水もいいぞ。今日は置き薬屋の河野がうちに立ち寄ったからな。彼からよい山の水を分けてもらったのだ。これで気持ちを静めるがよい」

「あ、河野さん来たんだ。会いたかったな〜」

配置販売の仕事以外でも、河野と麻里は頻繁にアラヤマツミやハガミの様子を見に来てくれる。綺麗な水が大好物で、自ら山に登って新鮮な水を汲みに行くのが趣味の河野は、水を届けてくれることもあるのだ。

朋代は何度か深呼吸したあと、ハガミに渡された水をゴクゴク飲んで、ぷはーと息をつく。

「はあ……今年もご祝儀破産決定だ……」

「今度は落ち込んでしもうたのう」

「いつものことだ。酒を飲み、腹を満たせば元に戻る」

「はーくんは私のことをなんだと思ってるのよっ！　そこまで単純じゃないやい！」

淡々としたハガミの言葉に、朋代が両手を上げて怒り出す。

「まあまあ、今宵もなかなかの馳走（ちそう）になったぞ。さっさと上がって手を洗ってくるがよい」

アラヤマツミが朋代をなだめて、しゅるしゅると胴をくねらせながらリビングに戻っていく。

確かに玄関で苛立（いらだ）ちをまき散らしていても仕方がない。朋代は靴を脱ぐと、洗面所に入って手を洗った。

「おっ、今日のメインは揚げ物だ〜」

リビングに入った途端、黄金に輝くおいしそうな色のフライを見つけて、朋代の表情がパッと華やぐ。

「うまい具合に揚げたてを用意できてよかった。それは豚肉の薄切りとチーズと紫蘇(しそ)を重ねて揚げたのだ。豚肉には体調を整えたり、肌の調子をよくする効果がある。紫蘇は薬の材料になるほどの薬効があり、薬膳料理として最適の食材であるな」

ハガミの朗々とした説明を「うんうん」と聞き、朋代はさっそくテーブルについた。

「我は、油っこい料理に合う、さっぱりした口当たりの酒をこさえてみたぞ。なんとこの酒は、氷を入れて飲むんじゃ」

「へ〜。でも、氷を入れたらお酒の味が薄くならない？」

ガラス製のデキャンタにはアラヤマツミの酒が入っており、その傍(そば)には、氷入れにロックアイスが詰まっている。

「ふふふ、薄くならんよう、酒精は強めにしておいた。夏にぴったりの、さっぱりした味わいになると思うぞ」

「ほほう。それは楽しみです」

アラヤマツミやハガミと話していたら、先ほどの切ない気持ちはどこかに吹き飛んでしまった。朋代はすっかり上機嫌になって、グラスにロックアイスを入れて、デキャンタから酒を注ぐ。

「その氷は、先ほどそなたが飲んだ、山の水を凍らせたものなのだぞ」

「うわ、なんか贅沢だねえ。日本酒をロックで飲むだなんて初めてだけど、マツミ君はこの飲み方をどこで知ったの？　やっぱりインターネット？」

そんな話をしながら、朋代はグラスを傾けた。

するりと喉に入ってくる酒は、涼やかな喉越しで、芳醇な香りがする。あまりに飲みやすくて、朋代はひと口でこくこくと飲み干してしまった。

アラヤマツミはデキャンタを見上げると、どこか懐かしそうに金色の目を細める。

「いや、氷で日本酒を飲む、という習わしは、昔からこの国にある飲み方であるぞ。昨今はあまり見なくなったが、我が山で祀られていたころは、夏の季節に氷室の氷を少しだけ砕き、酒に埋(うず)めて、刹那の涼を求める人間をよう見たものじゃ」

「へぇ～、そんな昔からある飲み方だったなんて、知らなかったよ。それにしてもおいしいね、これ。飲みやすいし、思ってたほど味が薄くなってないよ」

デキャンタからおかわりを注ぐ朋代の前に味噌汁を置きながら、ハガミが「そうであろう」と頷く。

「我もちいと味見したが、その酒はよくできている。濃いめの味わいで、さらに香りも高い。最初はきりりとした喉越しで、氷が溶けるにつれ、だんだんとまろやかで飲みやすさが増すという二段構えの楽しみができるのも、氷酒の楽しみであるぞ」

ハガミもほどほどにアラヤマツミの酒を楽しんでいるようだ。

朋代はもうひと口ロック酒を飲んだあと「なるほど！」と頷く。

「んじゃ、その二段構えの味を楽しみながら、はーくんのごはんをいただきますか」

手を合わせて「いただきます」と言ったあと、さっそく味噌汁を飲み始める。

「それは、おくらと納豆の豆乳汁だ。同じ大豆でできているから、納豆はなかなか味噌に合うのだぞ」

よく見ると、味噌汁には刻んだ納豆と輪切りにしたオクラが浮いていた。味噌汁の色がいつもより薄いのは、豆乳が入っているからだろう。

「優しい味噌汁って感じの味だな～。豆乳の入った味噌汁って意外といける！　それにオクラと納豆がトロッと口の中に入ってくるから、すごく飲みやすいね」

甘い味わいの味噌汁だ。薬味に擂り胡麻が入っていて、鼻に抜ける匂いが香ばしい。

「おくらや納豆は疲労回復や消化促進の効果がある。夏ばてにはうってつけの食材だな。豆乳は体内の熱を冷まし、胡麻で滋養強壮を図る。うむ、なかなかの完全食だ」

ハガミが満足げに言った。

「はーくん、薬膳料理にハマってから、薬膳効果の高い料理を作った時はちょっと嬉しそうだよね」

「む……、そうか？」

「うん。私ははーくんのごはんはなんでもおいしく感じるけどね！」

満面の笑みを向けると、ハガミは照れたようにぷいっと横を向く。

「我の酒もうまかろう。もっと飲むのじゃ！」

アラヤマツミが首を突き出して、デキャンタをツンツンつつく。

「はいはい。う～ん、氷が溶け出すと、香りがより強く感じられていいね。味も……うん、いい感じに混ざってる」

氷がいくぶんか溶けた酒を飲むと、先ほどよりもずっと飲みやすくなっていた。薄いというよりも、軽く飲めるという感じだ。

朋代はくいくいと酒を飲み切ってから、新しい氷を入れて、デキャンタから酒を注ぐ。

「ミルフィーユカツは……おおっ、これは見るからにおいしそう」

豚肉とチーズとシソのミルフィーユカツは、一口サイズに切ってある。ひとつを箸で取り、口に放り込んだ。

「ふわふわ！　文句なしの百点満点！　んん～っ、おいし～！」

噛むとじゅわっと豚肉から肉汁が染み出す。豚肉の旨み（うま）に、チーズのコクと塩気が合わさると、なんともまろやかな味わいだ。さらにシソの風味がふたつの味をぎゅっとまとめており、揚げ物なのに後味は爽やかだ。

「あ～これは、ごはんが進むし、お酒も進む！」

「チーズの味が濃いから、そのままでもいけるが、好みで大根おろしとポン酢をかけるとよいぞ」

「それいい。最高のチョイス」

ビシッと朋代は親指を立てて、さっそく大根おろしとポン酢をカツにかける。

「あ～ん、これはもう、ぱくぱくいけちゃう。お弁当にも入れてほしい！」

「うむ、そう言うだろうと思って、明日の弁当のぶんも用意してある」

「さすがすぎる。はーくん、いいお母さんすぎ」

朋代は指で涙を拭う仕草をした。ハガミが「おおげさなやつだな」と呆れた顔をする。

「ふぅ……。はーくんのごはんはおいしいし、マツミ君のお酒も最高だし、私は恵まれてるんだろうね。なのに……はぁ」

コクコクと酒を飲んでグラスを置き、朋代はガックリと肩を落とす。

「この満たされぬ心の隙間はなんなのか。やっぱり男成分が足りなすぎるの!?」

「世俗では、朋代のようなおなごを『肉食女子』と言うのかのう……」

アラヤマツミが困惑した顔で言い、朋代は天井に向かってわめく。

「恋した〜い！　ドキドキしたい〜！　結婚した〜い！」

「単に欲深いだけだと思うが。朋代は実に人間らしい人間と言える」

ハガミが呆れた様子を見せて、アラヤマツミが「うむうむ」と同意するように頷く。

「なんというか、本能に忠実であるのだな」

「うるさいやい。こらマツミ君、私の良縁はどこ行った？　行方不明にて捜索中すぎない？　そろそろ救助が来てもいいころじゃない？」

「なにを言っておるのじゃ。前も言うたが、良縁はすでにあるではないか」

朋代に首根っこを鷲掴(わしづか)みされたアラヤマツミが、首をぴちぴち左右に動かす。

「すなわち！　我らとの出会いこそが良縁——」

「そういうのいいから。男が欲しい」

ドヤ顔をしたアラヤマツミに、朋代がすごむ。

「朋代よ、目が血走っておる。そんな形相では、せっかくの縁があっても、殿方のほうが逃げていくぞ」

ハガミのもっともな正論。朋代がむきになって怒る。

「本番では猫を被るもん！」

「こ、恋は、猫を被ってするものではないと……思うが……」

首を摑まれたままのアラヤマツミがぐったりした。朋代が慌てて手を離すと、彼はしゅるしゅるっと朋代から離れて、元気よく胴を上げると煽るように首を左右に振る。

「ふふん！　だいたい朋代は、かれぴっぴが欲しいだの結婚したいだのと言いながら、まったく自分磨きをせんではないか。やはり人間、努力が大事なのだぞ。個人的には、もっと淑やかに、嫋やかに、おとなのおなごらしいふるまいをするべきであると思う。もっと言えば我の首を摑んだりグルグル回したりぶんぶん振ったりしないほうがよい！」

「それはマツミ君の要望であって、男の縁とは関係ないでしょうが。あと、かれぴっぴなんて言ってない」

「普段から、突発的な行動をしないよう心がけたりだな。あと朋代は圧倒的に我慢が足りぬ！　瞬の件もそうだったが、そなたは一旦沸点を超えると一気に猪突猛進になるのじゃ。そういう短絡的な思考も改めなければ、実りある結婚などいつになっても……」

「あ〜お説教はたくさんです！　いいの、私は、ありのままの私を好きになってくれる、イケメンで金持ちで優しくて浮気しない人を探すんだから！」

両手で耳を塞いでわめく朋代を見て、ハガミがため息をつく。

「ふぅ……。まこと欲深いというか。この調子では、結婚などほど遠いであろうな」

どこか達観した様子で、ぼそぼそと呟いた。

「だいたいじゃな、朋代は我に対する敬意が足りん！　我は、神じゃぞ。そんじょそこらの人間がたやすく手に入るものではない奇跡の存在なのじゃ。もっと褒めるべきであるし、尊敬するべきであるし、崇め奉るがよかろう!?」

「毎日おうちでぐうたらゲームとインターネットばっかりしてる神様なんて、どうやって崇め奉れっていうのよ。このニート！　働け！　無駄に美形！　ナルシスト！」

「なるしすとではなーい！　我という存在がそもそも至高にして美なるものなのじゃ。無駄とか言うでない。あと朋代は、我の神棚をもっと丁寧に掃除するがよい！」

「めちゃくちゃ忙しい朝でも、ちゃんと毎日ぞうきんで拭いてるじゃない！」

「そのぞうきん！　何年使っているんじゃ。漂白除菌すればいい話ではないぞ!?」

わーわーぎゃーぎゃー。

酒の入ったグラスを片手にわめく朋代と、彼女に首根っこを摑まれないよう距離を取って胴体を左右に振りながら怒るアラヤマツミ。

なんとも低レベルな言葉のやりとりを、ハガミは黙って聞いていた。

やがて、疲れたように「仲よきことはよいことだな」と言い、空いた食器を片付け始める。

「まったく、我の加護とハガミの守りがあれば、朋代は一生安泰であるというのに、なにが不満なのであろうなっ」

「だからあなたたちがいると、男を家に連れ込めないでしょうが！」

「そこを気にするのなら、残念ながら朋代は一生結婚できんな。諦めよ」

「ま、待って、あなた方、一生私につきまとうつもりなの⁉」

「よいではないか。どうせ、酒を片手にくだを巻き、するめをかじる朋代を見れば、どんな好青年も尻尾を巻いて逃げ出すに決まっておるのだからな」

「ひっどい！　酒を片手にスルメかじる女が好みの男だって、いるかもしれないじゃん！」

まだまだ言い争いは絶えないようである。

食器を洗いながら、ハガミはふっと小さく笑った。

「ま、猫を被る朋代よりも、このように酒を飲んで騒いでいる朋代のほうが、我にとっては一番しっくりくるのだが」

「はーくん、聞こえてますよ！」

耳聡く朋代は聞きつけて、ハガミの背中に向かって怒る。するとハガミは「くっくっ」と笑って、食器拭き用のふきんを取った。

「まこと、そなたと暮らしていると退屈せぬよ」

かつて人を憎み、悪さをしていた天狗の妖怪は、ニッと楽しそうに笑顔を向ける。

「退屈せぬのは確かだが、もう少し慎みが欲しいのう」

「マツミ君、あとでブンブン刑だからね」

アラヤマツミと朋代の会話に、ハガミはいっそう笑い声を上げたのだった。


さて、夏も本番の八月。

盆休みなどあってなしの如く働く朋代の耳に、謎の噂が入ってきた。

「ねえ、飯田」

「んー、なんじゃいね」

クーラーがガンガンに効いたオフィス内。隣に座る八幡が、長袖のカーディガンを羽織って膝掛けを足に巻いた朋代に話しかける。

「なんかさ、営業部から回ってきた噂なんだけど、白昼堂々、最低ナンパ野郎をコテンパンにやっつけて泣かせたって話、本当？」

「なんじゃそりゃ！　どこ情報よ、それ！」

　思わずキーボードに顔面をぶつけそうになってしまった朋代は、慌てて八幡を見る。

「えーっと、営業部の武井（たけい）さんの友達の彼女の弟が今通っている大学の卒業生情報みたいなんだけど」

「どこをどう巡り巡って武井さんに行きついたのか謎すぎるけど、寝耳に水の話です！　というか、ウチで不名誉な噂を流さないで！」

「いや～、ホントそうだよね。でも、あの飯田ならありえるって、営業部から密かに噂が流れてきてるんだよ。総務部の女性の耳にはすでに入ってるみたいだね」

「営業部を名誉毀損で訴えるぞ！」

「むしろ武勇伝じゃない？」

「どこがよ！」

　ベシッとデスクを叩くと、八幡がおかしそうに笑う。

「でも、ほんとに心当たりないの？　最近、ムカツク男をちぎって投げたとかさ」

「八幡は私のことなんだと思ってるの。か弱い女の子に失礼でしょうが」

　そう言いつつも、心当たりがないと言えば嘘だった。

　営業部の噂の出所は本当に謎だけれど、最近男関係でなにかあったといえば、間違いなく寺戸瞬の件だろう。

(いやいや、さすがに関係ないよね？　だいたい、コテンパンにやっつけたわけじゃないし、泣かせてもいないし)

朋代やアラヤマツミたちがやったことと言えば、ちょっと説教して怖がらせたくらいだ。確かに香奈の話では、瞬はやたら怖がっていたらしいが、その話が巡り巡って朋代の会社にまで届くとは思いがたい。

(でも、百パーセントありえないって断言できないのが悲しい)

世間は広いようで狭いのだ。もしかしたら瞬から朋代の名を聞きつけた人間が、伝言ゲームのように噂を伝えていって朋代の会社に話が行きついた可能性はある。

「まあ噂の真偽はともかく、飯田ったら総務部の女性の中でちょっとしたヒーローになってるよ」

「ヒーロー？」

「うん。飯田が相手なら、どんなＤＶ男もモラハラ男も一発でノックアウトしそうでカッコイイ〜って」

「やめたまえよ！」

風評被害もいいところである。自分はそんなにたくましい女であるつもりはない。

「逆に、営業部と総務部の男たちは『やっぱり飯田って見た目通り怖いから触らぬ神に祟り（たた）なし』とか言ってるね」

「私は基本的に人畜無害だよ！　あと、見た目通り怖いって言ったヤツ、いますぐここに呼んできて。ひとりひとり、丁寧に、懇々と、説教してやるから」

「顔怖いよ。そういうところだよ」

朋代ははぁ〜っとため息をつくと、両手を組んで天井を仰いだ。

「ああ、神様……は頼りになんないから、仏様。私は、普通に恋がしたいです〜！」

「なんで神様が頼りにならないのよ。仏様は普通、願い事聞いてくれないでしょ」

「神様に比べたら仏様のほうがましなのよ。最近の神様ったら、家でゲームに明け暮れ、インターネットばっかりしてるんだもん！」

思わずキッと八幡を睨んで怒鳴ると、八幡は「なにそれ」と言って笑った。

第四章　商店街の神様はやや胡散臭い

天高く馬肥ゆる秋。

秋の心地よい季節は馬たちも過ごしやすく、食欲が増して身体がたくましくなる。という意味らしい。

ハガミは人間に擬態した姿で商店街を歩き、そんなことわざを思い出す。

「ふむ、なにやら香ばしい匂いがするのう。あれは揚げ物か」

隣には、麗しい男性の姿をしたアラヤマツミが、着物の袖に手を突っ込みつつ、近くの店を眺めながら言った。

「あの肉屋は、注文するとその場で揚げてくれるのが人気でな。ほれ、今くらいの時間は、多くの主婦が揚げたてのころっけを頼んでおる」

「めんちかつ、百二十円、肉入りころっけ、八十円……。値段も手ごろで、なかなかの賑わいだのう」

アラヤマツミが楽しそうに言う。

時刻は午後四時過ぎ。朋代は今ごろ、まだ会社で仕事をしているだろう。

彼女は、アラヤマツミのことを『ずっと家の中でぐうたらしてるニート神』と言っているが、実際はこんなふうに、散歩がてらハガミの買い物に付き合うことが多い。

「そういえば、アラヤマツミ殿。今日の朋代の帰りはいつごろになりそうか、わかるか？」

「三時ごろにめっせーじあぷりで連絡が来たが、今日は八時くらいに帰るらしいぞ」

「ふむ。では揚げ物など、胃に負担をかけるおかずは避けておくか」

買い物カゴを下げ、ハガミは腕組みをして夕飯の献立を考える。

するとアラヤマツミがくんくんと鼻をひくつかせた。

「これは……新鮮な魚の匂いがするのう」

「では、今日の主菜は魚にするか」

ふたりは肩を並べて歩き、魚屋の前に立つ。すると、店番をしていた中年男性が元気な声で出迎えた。

「いらっしゃい！」

「今日のお薦めの魚はなにかな？」

「ああ、アンタか。そうだなあ、どれもお薦めだが、そこのサンマはちょうど脂がのってて、どんな料理にしてもうまいぞ」

魚屋の大将とハガミは顔見知りである。というより、商店街の店員のほとんどがハガミと知り合いだ。近くにある大手スーパーではなく、少し寂れた商店街に足繁く通うハガミに、皆、好意的なのである。

「ふむ……。秋刀魚(さんま)の目が綺麗であるし、なかなか上物のようだ。よし、では秋刀魚を二本包んでくれ」

「あいよ、まいどあり。そうだ、脂がのってるといえば、鮭(さけ)のアラが余ってるんだよ。安くするけどどうだい？」

「ほう、秋鮭か。ふむふむ、ではそれもいただこう」

「助かるぜ！　んじゃ、多めに包んでおくぞ」

大将は鮭のアラを手早くラップで包み、ハガミは支払いを済ませる。

「秋鮭は確かに旬のものだが、今日はどういった献立にするつもりなのじゃ？」

「最初は秋刀魚の塩焼きにしようと思ったが、鮭のアラも、身の部分が多くていいものだ。こっちを主菜にして、秋刀魚は混ぜごはんにしよう」

「よいのう。今宵は秋の味を楽しんでもらえそうじゃ」

アラヤマツミはニコニコして、悠々と商店街を歩く。エコバッグに魚を入れたハガミは、次に八百屋へ向かった。

「あらっ、ハガミさんじゃないの。ちょっとこっち来てよ～」

八百屋には青いエプロンをつけた壮年の女性が立っていて、ハガミを手招きしている。

「こんにちは。今日はおかみが店番か。いつものせがれはどうしたのだ？」

「それがね～、あの子ったら芋農家の吉田さんのところに行ったまま帰ってこないの。間違いなく収穫の手伝いをさせられているに決まっているわ。あそこの娘さんに惚れちゃってるみたいでねえ」

「ふむ……それは、喜ばしいことではないか？」

八百屋の前で立ち話。おかみが「そうでもないのよ」と手を上下に振る。

「だって吉田さんの娘さん、すでに恋人がいるのよ。なのにうちの子ったらいい歳して諦めきれずに未練たらたらでね。はぁ～、我が子ながら情けないったらないわ」

　おかみがガックリと肩を落とす。

「ホホ。ここでも若人が恋路に苦労しておるようだ。まあ、よい出会いというものは縁と運命に左右されるもの。母としては焦ることなくどっしり構えるくらいがよかろう」

　和服の袖で口元を隠して笑うアラヤマツミ。おかみが視線を向けて「わっ」と両手を上げて驚く。

「これはまた、いい男だねえ。ハガミさんの友達かい？」

「ああ。友というより、同志のようなものだが」

この場合、『朋代の機嫌に振り回される同志』である。

「お初にお目にかかる。そなたの八百屋から、いつも質のよい旬の野菜をいただいておるようだ。家人も、昔は野菜がそう得意ではなかったが、おかげで今はなんでも食べられるようになっておるぞ」

「そうなのかい？　そう言ってもらえると八百屋冥利に尽きるねえ」

「うむ。そなた自身、よいものを口にしているのだな。肌の艶がよく、表情にも活力があって若々しい。ハガミはよい店を選んでいるようだ」

「ヤダ！　なに言ってるんだい。イケメンにそんなこと言われちゃったら恥ずかしいよ」

おかみは照れたように笑って、アラヤマツミの肩をべしべし叩いた。

「か、彼のことはともかく。おかみよ、そこの蓮根がうまそうだ。一山包んでもらえるか」

「ああ、お目が高いねえ。大ぶりで、色づきも綺麗なレンコンでしょ」

「うむ。それから、茗荷と銀杏もいただこう」

「はいはい、お買い上げありがとうね。そうだ。これ、オマケにどうぞ。うちの庭でなってたやつだけどね、甘くておいしいよ」

会計が終わったあと、おかみはハガミに柿を三つ渡した。

「おお。艶のあるよい柿だ。ありがたくいただこう」

ハガミが厳つい顔で笑みを見せると、おかみはニカッと嬉しそうに笑う。

「こちらこそ、いつも買いに来てくれてありがとう。またいらっしゃいな」

挨拶を交わして、ハガミは八百屋を後にする。

――と、すぐさま別のところから声をかけられた。

「ハガミさんじゃない！　ねえうちに寄ってよ。いいお茶っ葉が手に入ったの！」

「あら、ハガミさん。最近、うちの和菓子屋に来てくれないじゃない。おいしいおはぎがあるんだけど、今ならオマケするよ！」

「おいしい新米が入ってきたよ、どうだいハガミさん！」

あっちこっちからハガミを呼ぶ声が聞こえて、アラヤマツミは微妙に不満げな顔をした。

「なんじゃ、皆してハガミハガミと。ここにめちゃくちゃ顔のよい色男がいるではないか。我の名を聞け、我の！」

どうやら商店街の皆がハガミにばかり話しかけているのが面白くないようだ。ハガミは困ったように後頭部を掻く。

「そうは言っても、我は頻繁にこの商店街に来ておるが、アラヤマツミ殿は気が向いた時にしか来ないであろう。皆、顔を忘れてしまうのだ」

「この超絶的な美貌は、一度見たらそうそう忘れるものではないと思うのじゃが！」

「他の商店街は知らんが、この商店街に限って言えば、あまり顔の良し悪しを気にせんようだからな。それよりも、常連客ほど顔を覚える傾向にある」

「むぅ……我も、もう少しハガミの買い物に付き合うべきなのか……」

そんな話をしている間に、ハガミは商店街の真ん中あたりにある花屋で足を止めた。

「あらあら、ハガミさん、いらっしゃ～い」

今度は若い女性の店員だ。活発そうな黒いエプロン姿に、ポニーテールがよく似合っている。

「いつもの榊を四束、それから季節の花を四種類見繕ってくれぬか」

「はーい。季節の花は、そうですねえ……コスモスやダリアが華やかだけど、菊も、洋菊は花びらが小ぶりで可愛いですよ。秋らしいといえば、萩の花もいいですね」

「では、それをいただこう」

「ありがとうございます。そうだ、これオマケでどうぞ。ちょっと古いお花だけど、もうしばらく綺麗に咲いてると思いますよ。ケイトウです」

手早く花束を包んだあと、店員がニコニコと一輪のケイトウを添えてくれる。

「ほう。ころんとして、素朴な、可愛らしい花だ。そなたのようだな」

「相変わらずお上手ですね～。でも、そんなふうに言ってもらえると嬉しいです」

店員はほんのりと頬を赤らめた。

そこにアラヤマツミが割って入る。

「我も！　そなたは大変可憐で、撫子のようであると思うぞっ」

「え？　あ、ハイ。ありがとうございます……」

いきなりの褒め言葉に、女性は困惑した顔で礼を口にしながら、身体を後ろに引く。

「そなた、ハガミと態度がぜんぜん違うではないか！」

「あ、アラヤマツミ殿……」

ハガミが困り顔でがっくりと肩を落とす。どうやらアラヤマツミはハガミに対抗意識を持ってしまったようだ。つまらないことでムキになるところは、朋代もアラヤマツミも、大変よく似ている。

「娘よ、つかぬことを聞くが、我の顔はなかなかの美形だとは思わぬか？」

「へっ？　あ、そうですね。カッコイイと思います」

「そうであろう。なのにどうして、我が褒めた途端、そなたは一歩二歩と、我から距離るし！」

を取ろうとするのじゃ！　というか今も少しずつ離れてハガミの陰に隠れようとしてお

　アラヤマツミの言う通り、店員は微妙に後ずさりして、ハガミの後ろに回ろうとして
いた。ハガミは頭痛を覚えたように額を押さえ、ため息をつく。
「顔の良し悪しは関係なく、よく知りもしない男に突然べた褒めされたら、誰であろう
と警戒心を持つのが当然ではないか」
「そうなのか⁉　いや、我は人望厚いゆえ、誰であろうと手放しに喜んでくれるものと
思っておった！」
「それはたまたま、近くにいる人間が友好的だっただけである。あと、自分で人望が厚
いなどと言うものではないぞ」
「そ、そんな。だって誰も我にそういうこと言ってくれんから、自分で言うしかないで
はないか……」
　クールビューティな美形男性が、ションボリして拗ねたようにツンツンと両手の人差
し指を合わせている。
　すると、ハガミの後ろから様子を窺っていた店員がくすっと笑った。
「なんだか面白いお友達ですね。話し方も似ていますし」

「まあその、生まれの時代が同じくらいであったからな」

「へえ、同世代なんですね。そっちのお兄さんはもっと若いと思っていましたけど」

　確かに、見た目だけで言えばアラヤマツミのほうが若く見える。だがふたりが神として存在し始めたのは同じくらいの時代——日本では平安と呼ばれるころだ。

「でも、はい。あらや、まつみさん？　着物が似合って素敵ですよね。ちょっと遊び人っぽいですけど」

「遊び人……」

「あっ、えっと……時代劇に時々出てくる、着物問屋のボンクラ御曹司みたいな！」

「ぼんくら御曹司……」

　ずーんと落ち込んでいくアラヤマツミに、店員はあたふたとする。

　ハガミが「まったく」と呆れた声を出した。

「要は粋人に見えるということだ。それなら、あまり間違ってもいないだろう。事実、アラヤマツミ殿はこの世俗を誰よりも満喫し、楽しんでいるからな」

「ふむ、そう言われるとまあ、否定はできんのう」

　現役の神様のくせに、寝不足になるまでゲームをやり込み、朋代よりもインターネット事情に詳しい。そんな酔狂な神様は、おそらくアラヤマツミくらいなものだろうとハガミは思う。

「ああでも、アラヤさんって最近噂になってる『商店街の神様』にちょっと顔が似てますね」

どうやら店員は、アラヤが彼の苗字(みょうじ)だと思ったようだ。それはともかく、ハガミとアラヤマツミは目を丸くする。

「商店街の神様?」

「我も初耳だ。なんだそれは?」

ふたりが尋ねると、花束と榊を渡しながら、店員が説明する。

「つい最近、この商店街に引っ越ししてきた方なんですけど、占い師をされているんですって。びっくりするくらい当たるそうで、私もそのうち行きたいなあって思ってるんです」

「ほう。それでついたあだ名が『商店街の神様』か」

正真正銘の神様が興味を持ったようだ。店員は「はい」と頷く。

「商店街の、一部の熱狂的なファンがそう呼び始めたみたいですね。そして、すごくこう……イケメンなんですよ。まさしくアラヤさんみたいな感じです」

「ふむふむ。それは是非とも見に行かねばならんな!　その神様は商店街のどのあたりに居を構えておるのだ？」

「えーっと、この通りをまっすぐ北に向かったところにある、酒屋さんの隣ですよ」

「あいわかった、かたじけない。それでは行くぞ、ハガミよ！」

言うや否や、アラヤマツミはすたすたと早足で歩き出す。

ハガミは店員に礼を言って会計を済ませると、アラヤマツミの後を追った。

「アラヤマツミ殿。やけにその占い師を気にしているようだが、しょせんは人の業だ。さほど気に留めるようなことではないと思うが」

ようやく彼に追いついたハガミが戸惑ったように尋ねる。

「そうだな。しかし『びっくりするくらい当たる』というのが気になったのだ。占いは古来より行われてきたが、そもそも占いとは、突き詰めると『信じる・信じない』の話であろう。なのに、あの店員は『当たる』と言った。それを疑問に思うてな」

「ふむ……言われてみれば、確かに」

「具体的には、なにが当たるのであろうな？　本人と少しでも話ができたらいいのだが」

そんな話をしていたら、店員が言っていた酒屋の前を通り過ぎる。

「む……、あれはなんだ？」

アラヤマツミが首を傾げる。ハガミが視線を向けると、酒屋から少し離れた店舗の前に人だかりができていた。

「どうやらあそこが占い師の店らしいの」

「そのようだな」

ふたりが近づくと、店の前では多くの人がキャッキャと騒いでいた。全て女性で、見る限り、年齢層は中年から壮年といった様子だ。中には腰の曲がった高齢の女性もいる。

「そこのお嬢さん。つかぬことを尋ねるが、ここは『商店街の神様』がいる店かの？」

「えぇっ、まさかお嬢さんって私のこと？」

「違うわよ。私のことでしょ」

「いやいや、私よ私。そうでしょ？　ってめちゃくちゃイケてる男じゃない！　あなたもしかして、俳優かタレントさん⁉」

女三人寄れば姦しい。まさにことわざ通りである。美形のアラヤマツミを囲んで大騒ぎになった。

近くにいたハガミは少し辟易しながらも、辛抱強く尋ねる。

「すまぬが、答えてもらえぬか。この店の中に、商店街の神様がおるのか？」

「あなたはえーっと、もしかしてテレビの情報番組のディレクターってやつ？　やっぱり噂を聞きつけて取材に来たんだわ！」

「すごーい！　ディレクターって作務衣を着ているのね」

「カメラは？　カメラはどこ？」

「ええい、そなたら少し落ち着くがいい！」

喧（やかま）しいのが苦手なハガミは思わず声を荒らげてしまう。するとアラヤマツミが「まあまあ」とハガミをなだめた。

「残念ながら取材ではないのだ。しかし『商店街の神様』の噂を聞きつけてな。たいそう評判がいいそうで、是非、我も会ってみたいのだ」

アラヤマツミが落ち着いた口調で説明する。すると女性たちは口々に言った。

「へ～え、なるほど～」

「やっぱり芸能人じゃないの？　話し方がお芝居みたいだし」

「そうだ！　取材する前の許可取りってやつじゃないかな。テレビでみたことあるもの！」

「あ～あれね～」

ワイワイと賑やかに、女性たちは勝手に結論づけて納得してしまった。

「『神様』はそこのお店にいるよ」

「でも、そろそろ店じまいだから、お告げをもらうのは無理かもね」

「そうそう、予約ができるのよ。電話かインターネットが便利ね」

アラヤマツミはひとりひとりの女性に「教えてくれて感謝するぞ」と礼を言い、包み込むように手を握った。女性たちはそんなアラヤマツミに対し、ぽっと頬を赤らめる。

「さて、それでは行ってみようか」

アラヤマツミは、目の前にある店を見上げた。木の素材を使っているが、真新しくナチュラルな雰囲気の店構えだ。お洒落なカフェと見間違えそうである。

道路側の壁は全てはめ殺しの窓になっていて、中は、木目のあるフローリングにテーブルや椅子、ソファなどがゆったりと置いてある。

重いガラスの扉を開けると、目の前にはカウンターがあった。そこには小さな呼び鈴が置いてあり、アラヤマツミは迷うことなくそれを鳴らす。

「鬼が出るか蛇が出るか。はたまた単なる人間か」

アラヤマツミがどこか楽しそうに呟く。

「まあ十中八九、人間だろうが」

彼とは逆に、気乗りしない様子を見せるのはハガミだ。

しばらくすると、カウンターの向こうにあるのれんをくぐって、ひとりの男性が現

「いらっしゃいませ。申し訳ございませんが、もう閉める時間なんですよ」

「ああ、邪魔してすまぬ。そなたが噂の『商店街の神様』か？」

アラヤマツミは人のよさそうな笑顔で尋ねた。すると男性は「ああ」と言って、少し照れくさそうな顔をする。

「僕をそう呼ぶ人もいますね。実際には神様でもなんでもないんですよ」

「ふむ。そこに名刺があるが、一枚いただいてもよいかの？」

「どうぞ。もし興味がおありでしたら、そこに記載してある予約サイトにお問い合わせください。また、お電話でも予約できますよ」

「これはご丁寧に。では、一枚もらおう」

アラヤマツミは、カウンターに置いてある名刺入れから名刺を一枚取った。

「御館神代。これがそなたの名前か？」

「ええ、どうぞご贔屓に」

にっこりと微笑む御館は、確かにアラヤマツミと少し雰囲気が似ていた。

年齢は二十代後半から三十代前半くらいか。肩ほどまで伸ばした長髪を後ろで括っている。目鼻立ちは非常に整っており、彫りの浅いシャープな顔立ちは、服こそ洋装だったが和服でも十分似合いそうな雰囲気を醸し出していた。

こんなにも美しい青年が営む店だったなら、商店街に住む噂好きの中高年女性たちがはしゃぐ気持ちもわからないではないと、ハガミは密かに思った。

「占いを商いにしておるようだが、たいそう当たると評判のようだな。占いの種類はなんであろうか」

「ああ、タロット占いとか、手相とか、占いにはいろいろありますよね。ですが僕は、なにも使いません。お客様にいくつか書いてもらうことはありますが、僕にできるのは『聞くこと』だけです」

「うむ？　言っている意味がわからぬのだが……占いをするのではないのか？」

アラヤマツミが尋ねると、御館は意味深に微笑む。

「ええ。体裁上『占い』と言っていますが、僕がしていることは正確には占いではありません。僕はお客様の悩みに対する答えを神様にお聞きし、神様のお言葉を伝えるだけの役割なのです」

アラヤマツミとハガミは互いに目を合わせた。

「ええと……確認するが、そなたは、神様の声が聞こえると申すのか？」

ハガミがコホンと咳払いをして尋ねる。すると御館は事もなげに頷いた。

「はい。僕は全知全能である神の使いですから。ああ、といってもおかしな宗教に入ってるわけじゃないですよ。単に、どんな悩みごとも立ちどころに解決してくださる神様が、僕の傍にいらっしゃるんです」

そう言うと、御館は少し困ったように目を伏せた。

「まあ、そうは言ってもこういう説明をすると、だいたい皆さん、うさんくさそうな目で僕を見たり、信じてくれなかったりするので……」

「なるほど。だから『占い』という体にしておるわけだな」

アラヤマツミが納得して頷くと、御館は嬉しそうな顔をして「そうなんです」と頷いた。

「あなた方はとても信心深そうなお顔をしていらっしゃったので、正直に説明させていただきました」

「まあ、そうだな。この世に神がいることを否定するつもりはない」

そう言ったアラヤマツミの表情は、どこか寂しそうである。

「そなたの信じる神は、悩める人間に直接手を差し伸べ、助力してくれるというわけだ」

「その通りです。昔から信じられている神様って、こちらがどれだけお願いしてもなにもしてくれないですよね？　神社でのお参り、お賽銭、お守り。全部ナンセンスです。でも、僕が仕える神様は違います。確実に目に見える形で、人を救ってくださるのです」

そう言って、御館は、自分がどれだけの人を救ってきたか、説明し始めた。

借金返済に困っていた人には、神の助言に従うだけで思わぬ臨時収入に恵まれたとか。暴力を振るう夫に苦しんでいた妻のところでは、神の天罰によって夫が痛い目に遭い、猛省して人間が百八十度変わったとか。

「僕は神様のお言葉を伝えてるだけなのに、いつの間にか僕自身が神様呼ばわりされてしまっているんですよね。だから、その呼び方はちょっと居心地が悪いです」

「なるほど。確かに、神の使いであればそうかもしれんな。ちなみに御館殿は、その神様の姿が見えたりするのかの？」

名刺を懐に入れつつ、アラヤマツミが問いかける。

すると御館は、胸に両手を置いて目を瞑（つぶ）った。

「はい。もちろんですよ」

「もうひとつ、つかぬことを尋ねるが……。御館殿は、その神以外の神が見えはしないのか？」

アラヤマツミの質問に、御館は軽く笑った。

「見えない――というより、いない、という表現のほうが正しいですね。昔から信じられている神様というのは、皆、単なる言い伝えだったり、自然を神格化しただけのものだったりするんです。でも、僕の神様はそういうまがい物とは違いますから、安心してくださいね」

爽やかな笑顔を見せる御館の目は、嘘を言っているようでも、また、狂信者のようでもなかった。ただ純粋に人を助けたいという輝きに満ちていた。

そんな御館を見るアラヤマツミは、悲しそうな表情になった。


鍵を回すと、カチャンと解錠の音がした。

「ただいま〜」

今日も今日とて、朝から晩まで働いた朋代は、気だるさ百パーセントの声を出す。

「おかえり」

玄関まで迎えてくれたのはハガミだ。朋代はパンプスを脱ぎながら、廊下を見回す。

「あれ、いつもはマツミ君が出迎えてくれるのに。ゲームでもしてるの？」

「いや……なんというか、ふて寝しておる」

「ふて寝？」

朋代はハテナと首を傾げた。スリッパを履いて、リビングに入る。

「マツミくーん……」

朋代はアラヤマツミの姿を捜したが、どこにもいない。ソファ、ベッド、テーブルの下……、彼はいつもだいたいそのあたりでとぐろを巻いているが、見当たらない。

「ふて寝っていうけど、どこで寝てるのよ」

「そこだ」

割烹着姿のハガミが指をさしたところは、ソファの下だった。朋代が床に這いつくばって見てみると、ソファの下のすみっこに、黒い塊が見えた。

「な、なんでこんなところに隠れているのよ」

朋代は腕を伸ばして黒い塊に触れる。そしてむんずと摑んで、ずるずると引っ張った。するとと、力なくぐったりしているアラヤマツミが引きずり出される。

「放っておいてくれんか……我は落ち込んでおるのじゃ……」

「うん、それは見たらわかるけど」

いつもなら、湖から掬い上げられたどじょうのごとく、びちびちと尾をくねらせるアラヤマツミが、朋代のされるがままになっている。ぐるぐる回しても、みょんみょん引っ張っても、文句ひとつ言わない。

「これは……かなり重症だね。なにかあったの？」

「うむ、なんと説明したらいいのだろうな」

ハガミは困った顔をしながら、テーブルにおかずを並べていく。

「ともかく、夕餉にするがいい。手を洗ってきなさい」

「はーい」

朋代はアラヤマツミをソファに置いて、洗面所に手を洗いに行く。そして再びリビングに戻るが、アラヤマツミは少しも動く気配を見せなかった。

「うーん、さすがにちょっと心配かも」

「まあ、そこまで深刻な話ではない」

テーブルにつく朋代に、ハガミが商店街での出来事を話し始めた。朋代はそれを聞きつつ、味噌汁を飲んだあと、ふわりとショウガの香りがするサンマの混ぜごはんを口に入れた。

「ふぅん、なるほど……神様が見える占い師……いや、神様の使い、かぁ」

もぐもぐと咀嚼して飲み込み、朋代はパッとハガミに輝く笑顔を見せる。

「これ、サンマごはんおいしい！　明日のお弁当に入る？」

「うむ。明日はこれを握り飯にする予定だ。紫蘇を巻いておけば、殺菌効果もあるしな」

サンマは香ばしく焼いてあって、だしで炊いたごはんはあっさりした塩味だ。これが、脂ののったサンマとよく合う。

「う～ん、これだけでお腹いっぱい食べられそう。でもおかずもいただこう」

朋代は次に、唐揚げを箸で持ち上げた。

「これは、鮭を唐揚げにしたの？」

「脂の乗りのよい鮭のアラを安く買えたのでな、揚げてみたのだ。秋刀魚も鮭も秋の魚で、どちらも身体にとてもよい効果がある。それから蓮根は梅煮にしてみたぞ」

「へ～、梅煮」

朋代はレンコンを口に入れる。サクッとした歯応えはくせになり、梅干しのほどよい酸っぱさはサンマごはんとの相性もよい。

「ああ～おいしいなあ。はーくんはお料理の献立のセンスもいいよね。全部のおかずが、ごはんを中心にうまくまとまってるって感じ」

「それを言うなら、朋代はなかなかの褒め上手だと思うぞ」

ふたりがのどかに話していると、テーブルから離れたソファから「はぁぁ～」とこれみよがしなため息が聞こえた。

「ふたりとも冷たいのじゃ……。我を放って、食事にうつつを抜かすとは……。朋代は我の酒もいらないのじゃ。どうせ我はげーむといんたーねっとばかりしている、特に御利益も奇跡も起こせぬ、つまらぬ神なのじゃ……」

アラヤマツミがいじけている。これ以上ないくらい、いじけまくっている。

（なるほど、構ってほしかったのか……）

朋代はそう思いつつ、頬をぽりぽり掻いた。

「でもさ、マツミ君落ち込んでるし、そんな時にお酒を造ってなんてワガママは、さすがに言えないよ」

アラヤマツミの酒は、あくまで彼の厚意によるものだ。造る気が起きないのなら仕方ないと思うし、どうしてもお酒が飲みたかったらコンビニでチューハイでも買えばいい。

（……なんて、さすがに言えないけど。言ったら最後、数日間はいじけるもんね）

以前、口が滑って「チューハイ買ってくる」と言ってしまった時、アラヤマツミはそれはもう露骨に機嫌が悪くなったのだ。あれ以来、彼の前で「酒を買ってくる」は禁句になっている。

「落ち込んではいるが、そのようなことをワガママとは思っておらんもん」

「んじゃ造ってよ」

「言い方が軽すぎる！　もっとこう、ちゃんとお願いするのじゃ〜！」

（めんどくさい神様だな〜）

朋代は心底呆れたが、アラヤマツミをいつまでもいじけさせておくわけにもいかない。

なにしろ、彼の不機嫌さが悪化すると今以上に面倒くさくなるのだ。

「うう〜んアラヤマツミ様のお酒が、欲・し・い・な！　ほらほらマツミ君のいいところ見てみたい〜！　お酒ぎぶみー造ってぎぶみー！　レッツ酒造り、ゴーゴー！」

「宴会のノリで頼まれるのもいやじゃ〜！」

「もうめんどくさい……おっと本音が出た。いいから造ってよ。唐揚げには冷たいお酒がぴったりなんだから！」

朋代はそう言うと、冷蔵庫からミネラルウォーターのペットボトルを取り出し、のしのしと歩いて、ソファにドスッと置く。

「さあ酒をよこしなさいっ」

「朋代は朋代で、神への敬意が圧倒的に足りんのう」

「今さらでしょ。それともなに、他人行儀にへりくだって頼まれたいの？」

ム、と朋代がジト目をすると、アラヤマツミは仕方なさそうに身体を動かし、ミネラルウォーターに巻き付く。

「……いや。さすがに我もいじけすぎたな」

そう呟くと、しゅるしゅるとペットボトルから離れた。この仕草だけで、単なる水が美味なる酒に変わるのだ。見た目は地味だが、まさに神業である。

「そんなにショックだったの？　はーくんの話を聞いてるだけだと、インチキ占い師の妄想としか思えなかったんだけどなあ」

「いんちきで、借金返済に苦しむ者に臨時収入を与えたり、暴力に悩む妻の夫に天罰を与え、反省を促すことなどできるのであろうか」

「たまたまじゃないの？」

ばっさりと言葉で切った朋代は、ペットボトルを片手に、そしてアラヤマツミを掴んでテーブルに戻る。

するとアラヤマツミは朋代の膝の上でとぐろを巻き、はあとため息をついた。

「朋代の断言はつまり、神の奇跡を信じておらぬということなのか？」

「神は奇跡を起こす存在ではない。マツミ君は前からそう言ってるよ」

ぱくっと唐揚げを食べた朋代は、ペットボトルから湯のみに酒を注ぐ。

「でもまあ、マツミ君が言いたいことはわかるよ。要はさ、目に見える『奇跡』がなければ、人は神の存在を信じてくれないのかってことだよね」

こくりと酒を飲み、朋代は満足そうな顔をして味わう。そして、少し切ない目をして、柔らかく微笑んだ。

「正直言うとね、私もそんなに信心深くなかったからさ。神社の参拝は正月くらい。祈禱も七五三や成人式くらいでしかしてない。それだって、本当に心から神様に幸せにしてほしいなんて考えてなかったよ」

ちょんちょんと人差し指でアラヤマツミをつつきながら、朋代は話し続ける。

「だからさ、こうやってマツミ君に出会わなかったら、本当に神様が存在しているなんて思いもしなかった。でも、姿は見えなくても信じていたんだよ。ただ、今の時代の一部の人は、神様を信じるだけの心の余裕がなくなってるんじゃないかなあ」

朋代はアラヤマツミの頭を撫でたあと、ゆっくりと酒を飲む。

「皮肉な話だな。我から見れば、今よりも昔のほうがずっと余裕がないように思えたのだが」

ハガミが物憂げな表情で言った。

確かに彼の言う通りかもしれないと朋代は思う。

この国の覇権を争い、幾たびの戦があった。世界全てを巻き込む大きな戦争もあった。たくさんの罪のない人たちが飢えたり、死んだりした。それに比べたら、今の世の中は平和なほうである。

でも、どうしてだろう。今の世に生きる神は、ずいぶんと窮屈そうに見える。

「そういう時代なのだろうな。……それなりに悟っていたつもりだったが、あのように神の奇跡を謳う者を見てしまうと、年甲斐もなく凹んでしまったようじゃ」

「マツミ君、そういうところ変に気にしぃだもんね。それにしても、よく当たる占い師かあ。神様の奇跡はいらないけど、そんなに評判ならいっちょ恋愛運でも占ってもらおうかなー」

　ぱくぱくとサンマの混ぜごはんを食べながら朋代が呟くと、ハガミが「まだ諦めてなかったのか」とため息交じりに言った。

「そなたのソレは、己の性格をなんとかして変えねば神がどんな奇跡を使おうとも無理な話だと思うが」

「はーくーんー？」

　ジロッと朋代が睨むと、ハガミがサッと目を逸らした。

「言っておくけど、私だっていろいろ考えているのよ」

「……む？」

「確かに、私は今の生活に特に問題を感じてない。満足してる。でもそれが問題なのよ。最近、私がおばあちゃんになった時を想像しちゃうの。そのころですら独り身なのかなって。そう考えたら寂しすぎるでしょ。だから結婚したいの。できればはーくんみたいに家事好きな人とね！」

「誤解があるようなので言っておくが、我は家事が大好きなのではない！　そなたがあまりになにもしなさすぎるのが目に余り、仕方なく家事をしているのだ！」

「だ、だからさ、そういうのが好きな男を……」

「おぬしはいつもそうだ。己の短所を変えようとせず、都合のよい展開を待っている。そういう堕落した思考を改めよと常々言っておるだろう」

「うぅ……家事できないのは短所じゃないよ〜。適材適所って言葉がありましてね〜」

すっかり言い負かされそうになった朋代は、唇を尖らせて言い訳を始めた。

ハガミと朋代のやりとりを見ていたアラヤマツミは、ふっと小さく笑う。

「――そうさな。あの『商店街の神様』であろうとも、朋代の恋愛運を上げるのは無理そうじゃ」

「マツミ君!?」

朋代の非難の声がリビングに響いた。


その週の終わりの土曜日は、爽やかな秋晴れに恵まれて、絶好のお出かけ日和だった。

朋代は、基本的に土日は休日である。

基本的にということはつまり、必要に応じて休日出勤もあるということなのだが、少なくとも今日は休みだった。

　朋代はさっそく商店街に赴き、評判の占い師の店に向かう。

「わ、すごい行列。あらかじめネット予約しておいてよかった〜」

　店に並ぶ客のほとんどは中高年の女性だ。いわゆる『常連』なのかもしれない。

「毎日並んで、なにを占うのであろうな」

　朋代の腰あたりからアラヤマツミの声がした。朋代は慌てて「こらっ」と自分の腹をぺしっと叩く。

「今日のマツミ君は蛇革ベルトなんだから、黙ってなさいよ」

「その言い方はいかがなものかのう。我は朋代の腰に自力で巻き付いているのだぞ」

「黙っているからついていきたいって言ったのはマツミ君でしょうがっ」

　ベシベシ腹を叩くと、アラヤマツミが「やめいやめい」と非難の声を出す。

「時に朋代よ。前に巻き付いた時よりも若干胴回りが大きくなったように思えるが」

「それ以上言ったら本当に蛇革ベルトにしちゃうからね」

　ニッコリ笑顔でアラヤマツミの胴を抓り上げると、彼は「きゅう」と言った。それ以降、彼の声は聞こえなくなる。

　安心した朋代は颯爽と占い師の店に入っていった。カウンターで呼び鈴を鳴らすと、のれんをくぐって女性スタッフが出てくる。

「すみません。予約していた飯田と申しますが」

「はい。『お告げ』は初めてのお客様ですね。カルテを作成しますので、こちらにどうぞ」

女性スタッフは神社で見るような巫女装束（みこしょうぞく）に身を包んでいた。占い師は神の声を聞くという話だったから、衣装は神聖さを演出しているのかもしれない。

朋代はカウンター近くにあるテーブルにつくと、スタッフから渡された紙に記入し始めた。

（名前や年齢、生年月日あたりは、占いにも使いそうだからいいとして、なんで年収まで書かなきゃいけないの？　持ち家か賃貸か……そんな情報、必要なのかな？）

多少疑念を抱きながらも、朋代はカリカリとボールペンを走らせた。

「ありがとうございました。それでは、奥にあるお告げ部屋にご案内いたします」

女性スタッフがしずしずと歩き出し、アラヤマツミを腰に巻き付けた朋代は彼女のあとをついていく。

（あ、お香の匂いだ。なんだっけ、これ）

甘い花のような、オリエンタルな匂いだ。これも雰囲気作りに一役買っているのかもしれない。

店の奥側には引き戸の扉があって、女性スタッフがからりと開ける。

「どうぞお入りください」

「あ、どうも」

案内はここまでのようだ。朋代は女性スタッフに頭を下げると、奥の部屋に入っていった。

「ようこそ『祝福のお告げ所』へ」

出迎えた御館は、素朴な生成りの作務衣を着ていた。朋代は、御館の美貌にしばし圧倒される。

（うわっ、すごいイケメン）

そう思った瞬間、腰がギュッと締め付けられた。

「ぐえっ！」

「どうしました？」

「い、いえ。ちょっとお昼ごはんが口から出そうになっただけです」

ははっと笑ってごまかし、朋代は腰をベシベシ叩く。正確には、チュニックの下に隠れているアラヤマツミを叩いているのだが。

「さて、あなたは恋占いを希望されていましたね。あ、そこの席にお座りください」

朋代に着席を促した御館は、朋代のカルテを見ながら確認する。

ホームページで予約する際、占いの種類を選ぶ項目があったので、朋代は『恋占い』を希望していた。

「はい。どうにもこうにも出会いに恵まれないといいますか。このままだと仕事が恋人と言わざるを得ないほどには追い詰められておりまして」

「ふふ、面白い人ですね。それでは、あなたの出会いはいつごろ訪れるのか。まずはそれを神様にお尋ねしましょう」

御館は両手を組んで目を瞑った。

――確かに、占いと言われてみんながイメージする占いとはまったく違う。

普通は、手を見るとか、タロットカードを使うとか、あるいは水晶玉に手をかざすとか。なにかしら『占いをしている』というスタイルを取るものだ。

しかし御館はその体裁すら取らない。

アラヤマツミが言っていた通り、彼にとって占いとは、神に答えを求めるものなのだろう。

「神から答えをいただきました」

スッと目を開いた御館は、静かな声色で朋代に言う。

「神はこう仰いました。あなたが先入観を捨てた時、運命の人は目の前にいるでしょう」

「……へ？」

朋代は呆気にとられた顔で首を傾げる。

なんというか、予想以上に曖昧だ。表現も抽象的だし、これでは普通の占いと変わらない。

（マツミ君の話によると、目に見える形で奇跡が起こったそうだけど……）

予期せぬ臨時収入があったとか、暴力を振るっていた夫に明確な罰が下ったとか。

（やっぱり適当なこと言ってるだけじゃないの？　皆が奇跡と思っているのは、単なる偶然なのかも……）

自然と不満げな表情になっていたのか、御館が耐えきれなくなったようにぷっと噴き出した。

「あなたはとても正直な方ですね」

「えっ、そうですか？」

「はい。もっと具体的な助言が欲しいと、顔に出ていましたよ」

朋代はハッとして両手で頬を触る。

「もちろん、神のお告げはこれだけではありません。お布施をすることで、私の神はさらなる恵みを与えるでしょう」

「お布施って……？」

朋代が疑問を投げかけると、御館はテーブルの下から一枚の紙を差し出す。

「こちらをご覧ください。玉串をより美しく、華やかにすることで、神は喜んでくださいます。こちらを捧げれば、あなたの望みはより具体的に、確実に、叶いますよ」

朋代は渡された紙を見た。

玉串料は四種類に分かれていて、それぞれ、十万円、五十万円、百万円、一千万円と記されている。

「いっせんまんっ……!?」

「こちらはあくまで例です。要は、あなたの『お気持ち』。この例より少なくても、あるいは多くても、神は公平に恵みをお与えになるでしょう」

「は、はあ……」

正直、金額が大きすぎて、御館の言葉が頭に入ってこない。

「えと……、例えばこの、一千万の玉串を捧げると、どうなるんですか？」

「そうですね……全ては神の采配なので、参考として受け取っていただきたいのですが、おそらくはあなたが理想としている男性が数日と待たず目の前に現れ、あなたに愛を誓うことでしょう」

「へ、へえ……」

「ご連絡はいつでも構いませんので、よろしかったらご一考くださいね。神はいつでも、あなたのお布施をお待ちしておりますよ」

ニコッと微笑んだ御館は、思わず見蕩(みと)れてしまいそうなほど、綺麗だった。


お告げ所を後にして、朋代は神妙な顔つきで腕を組む。

「うーん。なんか、思ってたのと違うなあ」

しかめ面をしつつ、朋代は後ろを振り返る。

店の中では、朋代の次に予約していた女性が巫女姿のスタッフとカウンターで話をしているのがガラス越しに見えた。

「やっぱり人気はあるんだね。まあ、あれだけ顔がよいと、なにを言われても信じてしまいそうだけど……」

「それはさすがに、短絡すぎではないか？」

腰からアラヤマツミの声が聞こえてきた。朋代はぐにっと胴体を抓って「冗談よ」と唇を尖らせる。

「しかしさすがに、男と出会うために百万や一千万は払えないわ」

そこまで切実に彼氏が欲しいわけでは……いや、割と真剣に欲しくはあるけど、こんな胡散臭いところにお金を払うくらいなら、実績のある結婚相談所のお世話になるほうがよほど建設的である。

店の外では、近所に住んでいるらしき中年女性たちが並んで、なにやら話をしていた。

「あの、すみません。皆さんはこの店で占ってもらうために並んでいるんですか？」

朋代は近づいて話しかけてみる。すると女性たちは「そうよ～」と頷いた。

「サイトの予約は、初めての方限定だからね。玉串料を用意したらすぐに面会していただけるけど、そうじゃない私たちは地道に並ぶしかないのよ」

「なるほど……。それでも根気よく通ってるっていうことは、それだけ彼の『お告げ』が聞きたいからなんですか？」

再び尋ねると、女性たちは互いに顔を見合わせて「そりゃ、ねえ～」と頬を染める。

「数分だけど、イケメンとふたりきりになれるじゃない」

「あの御館さんって人、すごくいい匂いがするのよね～。近くにいるだけで若返りそうだもの」

「時間は限られているけど、私の話を優しく聞いてくれるし、愚痴を言っても嫌がらないし。うちの旦那と交換したいくらいだわっ」

女性たちは頷き合って力説する。

（な、なるほど。この人たちは、具体的に救われたいというより、イケメンの御館さんと話がしたいだけなのね）

納得する。相談だけならさほど高い金額ではなかったし、彼女たちにとって御館は目の保養であり、一方的に話を聞いてくれるありがたい存在なのだろう。

「じゃあ、玉串料を払う人はあまりいないんですか？」

「そんなことないわよ。三丁目の高田さんは、どうしても見つからない大事な捜し物のために、十万円の玉串を捧げたそうよ」

「そしたらびっくり！　次の日に捜し物が見つかったんですって。ちなみに結婚指輪ね」

「あそこの旦那さん愛妻家だから、指輪をなくしたなんてバレたら絶対怒り出すし、切実だったみたい。奥さんが自腹を切って内密に支払ったんですって」

恐るべきは噂好きな中年女性のご近所情報の把握ぶり。

名前までバレていたら、内緒で玉串料を支払った意味がないのではないかと思ったが、まあいいかと朋代は思い直した。

「なくした物が見つかったなんてすごいですね」

「でしょ～。他にもね、ずーっと冷え込んでた夫婦仲が、玉串を捧げたことで格段によくなったって話も聞いたわ。そっちは商店街にあるコンビニの店主夫婦だったかしら」

「それも玉串を捧げた次の日に？」

「さあ～？　でも去年はコンビニに行くたびに夫婦喧嘩してたけど、最近は本当にふたりともニコニコして、仲睦まじい夫婦になってたのよ」

「へえ……」

やっぱり話を聞くと『奇跡』としか思えないことばかりが起きている。

（じゃあ、私も玉串を捧げたら、本当に目の前にいい男が現れるってこと？）

にわかには信じられない。だが、信じられないことが起きるからこそ、人は『奇跡』と呼ぶのだろう。

「でもねえ、中には、御館さんの占いにのめり込んじゃってる人もいるらしいわ」

「うんうん。これは噂なんだけどね～」

中年女性たちの噂話が始まった。朋代は黙って耳を傾ける。

「この商店街でも、すごい大金をお支払いしてる人がいるらしいわ」

「ここの神様は、お布施した金額に対して、相応の御利益を下さるんですって。つまり、とにかくお金を払えばどんな願いごとも叶うってことなのよ」

「だから、お金を貯め込んでる人たちが夢中になってるんだって。私もお金さえあったらいろいろお願いしてみたいのにな～」

すると、他の女性たちも「ねぇ～ほんとに」と同意した。

朋代は女性たちにお礼を言ってから、商店街をあとにする。

「お金次第でなんでも願いごとがかなう……か」

空を見上げると、茜色(あかねいろ)に染まっていた。

いつの間にか夕方にさしかかっている。今ごろハガミは朋代のために夕飯を作っているだろう。

朋代は、秋は夕暮れが綺麗だと思う。

でもどこかもの寂しい感じがした。ひゅうと涼やかに風が吹いて、近くの住宅から肉じゃがの香りが漂ってくる。

（お腹すいたなあ。今日の夕飯なんだろう。それにしても、御館さんの神様って……）

こう言っては悪いが、ずいぶんゲンキンな神様だなあと朋代は思う。

近くにアラヤマツミがいるから、そう感じるのだろうか。

彼は決して、朋代に金銭を要求しない。まあ、そのかわり、新作ゲームが欲しいだの新しいタブレットが欲しいだの、ぐうたらしてるわりに注文は多いが……。

（でもそれは、神様の要求っていうより、単なるおねだりだもんね）

自分の趣味のためにあれこれ欲しがるアラヤマツミではあるが、絶対に命令はしない。

朋代が「今は金欠だからダメ」と言うと、しぶしぶではあるが、素直に引き下がる。

さらに言うなら、アラヤマツミには金銭に見合った御利益なんてない。

でもそれは、なにも与えないというのではなく、彼のくれるものは、御館の神様と根本的に違うというか……。

ふぅ、と腰からため息が聞こえた。アラヤマツミはしゅるしゅると朋代から離れて、地面に降りる。

「本物か偽物か、まだ我にはわからぬが」

そう呟いたアラヤマツミはゆっくりと鎌首を上げた。彼の細長い影が、地面に落ちる。

「やはり、現代を生きる人々は、目に見える利益がなければ神を信じて祀ってはくれないのかのう……」

橙色（だいだいいろ）と水色が入り交じった空を見上げ、アラヤマツミは遠い目をする。

空を見ているようだが、その実、過去に思いを馳（は）せているのかもしれない。

かつてアラヤマツミという神を信じて敬い、奉っていた、遥か昔に生きた人々を。

朋代はそんなアラヤマツミをしばらく見下ろしたあと、ふいにむんずと鎌首を摑む。

そして自分の目線に合わせるように持ち上げた。

「そんな人ばかりじゃない。それはマツミ君が一番わかっているでしょ？」

力なく胴体を伸ばしたアラヤマツミに、朋代は強気な声で言った。

朋代は、現代を生きる人間だ。過去の人間がどうだったかはもちろん知らない。

アラヤマツミが山の神として祀られていた時代のことなど、想像もできない。

でも、きっと今も昔も変わらず、即物的な人はいただろうし、神を信じない人だっていたはずだ。ただ……おそらくは、その人口が今よりも少なかった。

「マツミ君が今ここで、神として存在していること。それが証明になっているんだよ」

朋代の言葉に、アラヤマツミはハッとして金色の目を丸くした。

アラヤマツミは、間違いなく神だ。

神は、信仰心によって存在する。

信仰を失った神は、ハガミのように妖怪に堕ちるか、消滅してしまう。

つまり、アラヤマツミが存在しているということは、誰かがその存在を信じ、祀っていることに他ならない。

ちなみにそのうちのひとりは朋代だ。毎日アラヤマツミ用の神棚に榊を立てて、米や酒などを供物として捧げている。

「そう……、そうであったな」

ほんのりと、アラヤマツミの瞳に明るさが戻る。

「まあ、個人的にちょっとは、私はいい目を見てもいいんじゃないと思うけどね」

「そのようながめつい人間に、神はなにも与えぬのじゃ」

「こないだ新作ゲーム買ってあげたでしょ～!?」

「それはそれ、これはこれ、じゃ！」

ふふんと笑って、尻尾をぴちぴち揺らす。

いつもの調子が戻ってきたようだ。朋代はアラヤマツミを首にかけると、少し暗くなった夕暮れの歩道を歩く。

「で、さ。『商店街の神様』についてだけど」

「うむ」

「あれだけ目に見える御利益……というか、実績があるなら、それなりに話題になってもおかしくないと思うんだよね」

「確かに、本当に金次第で奇跡が起こせるのなら、もっと騒ぎになってもいいくらいじゃな」

「でも、あくまで御館は『商店街の神様』として噂になっている程度なのよ。……彼はいつからあの商店街にいるんだろう。それまでは、どこでなにをしていたんだろう。気にならない？」

朋代が尋ねると、首元のアラヤマツミがコクリと頷く。

「やつが、あの商店街に来る前か。ふむ……調べる当てはあるのか？」

「うーん、ちょっとだけね。まあ、あまり期待しないで待ってて」


二日後――。

朋代はランチの時間に、オフィスビルの共有フロアのフードコートである人を待っていた。

「あ〜ごめんなさい。遅くなっちゃいました〜！」

現れたのは、グレーのパンツスーツに身を包んだ、ボブカットに眼鏡が似合う女性。同じオフィスビルの違う会社で働いている人だ。

「いえ、お呼びしたのはこちらですから、お気になさらず」

朋代が大人の態度で話そうとした途端、彼女は朋代の両手をパッと掴んだ。

「ようやく、私のインタビューに答える気になってくれて嬉しいです〜！」

「い、いや、先に、私が欲しい情報をくれるって約束ですよね？」

「あ、そうでしたね。エヘヘ。とりあえず、改めて名刺交換しておきましょうか！」

やたらテンションの高い女性だ。あと、なんだかパワフルである。全体からみなぎるキラキラしたフレッシュ感に、朋代はクラッとめまいがした。

（ああ……いいなあ、……まぶしい……）

一応朋代も二十代なのだが、二十代前半と後半では雲泥の差があるのだ。

――法条唯花。オフィスビル五階にある出版社の編集兼ライター。

「いや～っ、しつこく声をかけてよかった！　なんせウチの会社があるオフィスビルで起きた怪談でしょう？　こんなおいしいネタ、逃してたまるか～って必死でしたからねっ」

法条はニコニコ笑顔で、キャラメル・ラテに砂糖をざらざら入れている。

（お砂糖五杯も入れてるのに、こんなにも痩せ体型だなんて……。くっ、若さゆえなの!?　羨ましいっ！）

悔しさを感じつつ、朋代はブラックコーヒーを一口飲んだ。

「ええ、もう一年くらい前の話なのに、法条さん、ぜんぜん諦めませんでしたね」

「どんなネタもしつこくスッポンのように咥えて離さないのが、私のスタンスですから。えへへ、例の『ヨツイチのお化け』を退治したと噂される飯田さんから直接お話を聞くことができて光栄です」

そう、法条は、去年の秋――『ヨツイチのお化け騒動』があったころからなにかと朋代につきまとっていた。ロビーで待ち伏せしたり、エレベーターに潜んでいたりと神出鬼没で、朋代にヨツイチのお化けの話をしつこく聞きたがっていたのだ。

「オフィスビル内の噂によりますと、飯田さんは現在独身で、ふたりのひも男を養い、顎でこき使っているそうですね。ヨツイチのお化けをパワハラ並みに恫喝(どうかつ)した上萎縮させたという偉業は、もはやこの世の鬼の再来かと言われており、男性から恐怖対象として、また女性からは憧れの姉貴として注目されているという話ですが、どこまで本当なんでしょう⁉」

「全部嘘だよ！」

ゴン、と朋代はテーブルに拳を打つ。

噂の出所を突き止めてラリアットしてやりたい。不名誉のオンパレードである。

「ええっ、そうなんですか～？」

心底残念そうな法条の声を聞き流して、朋代は彼女に詰め寄る。

「とにかく、先に情報をください！」

「あっ、はい。エヘへごめんなさいね。ついつい質問攻めにしちゃうクセがありまして」

法条は照れ笑いしたあと、ポケットからメモ帳を取り出した。

「え～っと、御館神代についてですね。彼はですね～マークしてる週刊誌が多いし、ウチも足取り追ってたんで、まあ、つまり、ゴシップ雑誌界隈では有名人なんですよ」

「それは、『お告げ』が当たることで有名なの？」

朋代が尋ねると、法条は「いいえ」と首を横に振る。

「私たちにとって御館神代は占い師じゃありません。宗教者です」

「宗教……」

やはりそうだったのか。朋代は予想が当たって、苦々しい顔つきになる。

「いわゆる新興宗教のひとつでして、彼らの教義の中にある『唯一神』を崇め奉っています。でもまあそれだけなら、ゴシップ記事のネタなんかになりませんよね～」

あははっと法条は明るく笑った。

「実は、彼らの異常性は、その布教方法にあるんです」

「布教……って、教えを広めるってこと？」

「いえ、彼らにとっての布教とは、多額のお布施を払う信者を集めることです。『奇跡の顕現』という独自の方法を使って、信者獲得に精を出しているんですよ」

奇跡の顕現。

もしかしてそれは、彼が『商店街の神様』と呼ばれるゆえんとなった、あのお告げのことだろうか。朋代は緊張した面持ちでコーヒーを飲む。

「狙いは、お金を持ってる高齢者が多く来そうな商店街とか、高級住宅地とか。そういう場所に『お告げ所』っていう……まあ、宗教団体の事務所を建てて、占いという体で商売を始めるんです」

まさしく、アラヤマツミやハガミが言っていた通りだ。そして彼は、今のような店を過去にも別の商店街に建てていて、その後場所を転々としていた。

「奇跡の顕現って、本物の神様がやってる……ってわけじゃ、ないですよね？」

確認するように朋代が尋ねると、法条は「あははっ！」とおかしそうに笑った。

「当たり前じゃないですか～！　神様なんてマジでいるわけないですし！」

法条の言葉に、朋代は胸に痛いものを感じながら笑ってごまかす。

これが、普通の人の感性なのだ。

朋代だって、アラヤマツミと出会うまではこんな感じだった。

「もちろんタネもシカケもあります。あの『奇跡』はですね――」

もったいぶるように、法条はとっておきの秘密を見せびらかし、ニヤリと笑みを浮かべた。

「ぜーんぶ『信者』がやってるんです！」

ぱっと両手を開いた法条に、朋代は目を丸くした。


休日の午後、昼下がり。

真新しい造りの『お告げ所』の前に、朋代はいた。

（これは『余計なこと』なんだろうな）

朋代はお告げ所を見上げて、思う。

そう、余計なことだ。もっと言えば、わざわざ言う必要のないことを彼に言おうとしている。

指摘したところで無駄だし、相手にされないのもわかっている。

（それでも、マツミ君のために、私は一言言ってやりたい）

アラヤマツミは自分が神であるがゆえに、御館の神を認めるわけにはいかない。でも、彼は温和な性格をしているから、その気持ちを内に閉じ込めて我慢する。そういう質（たち）なのは、数年共に暮らしてきて、よくわかっている。

でも、朋代は我慢できなかった。元々、彼ほど平和主義ではない。だから、あえて文句を言いに来た。

アラヤマツミからそう頼まれたわけでもなく、ただ朋代の勝手な行動である。

要は「ペテン集団のくせに、本物の神様であるマツミ君を差し置いて、なにを神様面してるのだ！」と言いたいだけなのだ。ある意味、喧嘩を売りに行くにも等しい。

予約はもうできない。朋代は行列に並んで順番を待った。

やがてカウンターで手続きすると、ほどなく御館がいる奥の部屋へ案内された。

「こんにちは。本日は、また新しい『相談』とのことでしたね。次はどういった奇跡をお望みでしょう？」

いつも通り、御館はうっとりするほど整った顔で微笑んだ。

お布施を払えないならば、こうして『相談』という形で話を聞いてもらえる。店の外で並んでいる中年女性たちは、これが目当てなのだろう。

(相談料は格安だし、見目のいい男性が自分の話を親身になって聞いてくれるってだけで十分ストレス発散になりそうだもんね)

だが、御館は格安の『相談』を糸口に、金払いのよい客を集めるのが目的なのだ。

朋代はキッと御館を睨み、ズイと前に出る。

「私はね、あなたのしていることは、詐欺と同類ってことを言いに来たの！」

はっきり言うと、御館は驚いたように目を丸くした。

「これは……また。ずいぶんぶしつけで、失礼な物言いですね」

「あなたたちが今までしてきたことに比べれば、私のほうがよほど品行方正だと思うけどね」

朋代の言葉に、御館が面白がるように微笑む。

「なにやら私に関することで、不名誉な噂でも摑んだようですね」

「不名誉？　あなたたちがまがい物の奇跡を見せたせいで大金を失った人たちが、こぞって被害届を出している事実があるっていうのに？」

そう。彼らの見せる『神の奇跡』はニセモノだ。

からくりは簡単。まず『お告げ所』という店を建てて、見目のよい宗教幹部が『占い師』として、神の声を伝える役割につく。もちろん御館も幹部のひとりだ。

そして客は格安で相談を依頼する際、カルテを作成するのだが、そこには勤めている会社や年収を書くところがある。

カルテから金のあるなしを判断し、金を持っていると判断すると、幹部は言葉巧みに『奇跡』の話を持ちかける。

お布施の金額で奇跡の度合いが変わると聞いた客は、まず疑うだろう。朋代だって「胡散臭い」と思った。

　しかし中には、そんな奇跡にすがりたいほど困っている人もいるはずだ。

　そういう人がお布施を払って、大勢の信者が『奇跡』を起こす。

　商売に行き詰まっているところには、信者が客になったり、あるいは宣伝をしたりして、立て直す。

　借金返済に困っている人には『奇跡』と見せかけて大金を渡し、宗教に傾倒させてから、後々お布施という形で金を回収していく。

　なによりも、奇跡が起きたという事実自体が、大きな売り文句になるのだ。奇跡によって救われた人は、周りの人にその話をする。金を持っている人は、同等の財力を持つ者が近くにいることが多いので、そういった人が、また新たな客となる。

　そうして御館たちは、街を転々として信者と金を増やしているのだ。

「奇跡に感動した客を入信させて、次は入会費や寄付金でお金を巻き上げ、新たな奇跡を欲しがったらまた多額のお布施を要求する。そして、お金がなくなったら『神の罰が下される』と言って脅し、無理矢理金を用意させる。……やり方がえげつないよ」

　そんなことを繰り返していたら、からくりに気づき、被害届を出す人も当然いるだろう。

　御館は「ふぅ」と軽くため息をつくと俯き、横目で朋代を見た。

その視線は氷のように冷たく、刃のように鋭くて、朋代はぐっとお腹に力を入れると気迫で負けないように彼を睨んだ。

「ずいぶんと、こちらの活動内容に詳しいようだ。マーケティングリサーチ会社の主任さんって話だけど、情報元は週刊誌のライターかな。あんたの会社があるオフィスビル、低俗雑誌ばかり作ってる出版社も入ってたよね」

ニヤリと、やけに粘着質な笑みを見せた。

口調もいつの間にか変わっている。おそらくこちらが本性なのだろう。

朋代は御館の言葉を聞いて、戦慄を覚えた。彼……いや、彼らは、すでに朋代の身辺を調査しているのだ。

(私が金づるになるかどうかを確かめてたってことか)

勤めている会社が大きければ、それだけ信者獲得も見込めると判断したのだろう。想像以上に、御館の宗教団体は徹底している。

朋代は御館の言葉を、素直に認めることにした。

「ええ。同じオフィルビルにある出版社の人から話を聞いたの。でも、そこだけじゃなくて、いろいろな週刊誌から追いかけられてるみたいじゃない?」

「そのようだね。暇なことだと思うけど」

「……明らかに人を不幸にしておいて、よくそんなことが言えるね。被害届も出てるんだから、そのうち詐欺罪で捕まるんじゃない？」

朋代が尋ねるも、御館の悠然とした余裕のある態度は変わらない。

「宗教の名のもとにあれば、そう簡単に詐欺として認められないんですよ。だって宗教は自己責任です。僕らが無理矢理お金をむしり取ったわけじゃない。彼らは納得した上でお布施を神に捧げたんですよ。なのに、後になって被害者ぶるなんて、勝手な話だと思いませんか？」

朋代はむぐっと言葉を失う。

確かに……そう言われたら、強く出られない。

御館たちの狙いが多額の金だったとしても、最初に奇跡を望んだのは、その信者本人なのだから。

「――でも、それでも、神を名乗るのはおかしいよ。それなら、お金をもらうかわりに自分たちが奇跡を起こしますとでも言えばよかった。どうしてそのビジネスを『宗教』にしたの？」

「面白いことを言うね。そんなの決まってるじゃないか。宗教という形にしたほうが金になるからだよ。世の中には、神秘的で形のないものに金を払いたがるバカが想像以上上に多いんだ」

完全に言葉を飾らなくなった御館の物言いに、朋代はしかめ面をする。

「それにさ、どうせ神様なんていないんだから、僕たちがなにを名乗ろうが構わないでしょ。誰かに迷惑かけてるわけじゃなし――」

「迷惑、かけてる！　本物の神様に！」

ブチッとキレた朋代が大声を上げると、御館は唖然として口を閉じる。

「本物の神様は確かに奇跡なんて起こさない。都合のいい存在じゃない。困った時に助けてくれないし、どれだけ奉っても、返してくれるものはなにもない。でも、人間と神様の関係って、利害だけじゃないでしょう⁉」

お布施を払って必ずいいことが起きるなら、誰だってやるだろう。

でも実際はそうならない。どれだけ神頼みをしようが、嫌なことは起きるだろうし、不幸だって訪れる時もある。

それでも――祈らずにいられないのが、神という存在ではないのか。

「なにもしてくれなくてもいい。ただ、自分はひとりじゃないんだって。自分を見守ってくれる存在がいるんだって安心できる。それを、神様っていうんじゃないの……？」

だが、御館にはまったく響かなかったらしい。「はっ」と馬鹿にしたように鼻で嗤って、朋代を睨む。

「そんな、いてもいなくてもいい存在なら、やっぱり神なんていないじゃないか」

「逆にあんたは、一応宗教という体で活動してるわりに、頑なに神様を否定するんだね」

そう言うと、御館が苛立ったような顔をする。

「うるさいな」

吐き捨てるように言うと、彼は朋代から視線を逸らし、横を向いた。

「用件はそれで終わり？　次の客が待ってるから、さっさと帰ってくれないかな」

「……まだ、この商店街で商売を続けるの？」

朋代が尋ねると、御館はため息をつき、つまらなそうに朋代を横目で見る。

「いや。金のあるカモからはあらかた巻き上げたし、信者ノルマも達成したから、近いうちに閉めるよ。これで満足かな？」

……これ以上、なにを話しても無駄なようだ。なにを言おうが彼は改めないし、これからも人を騙していくのだろう。

朋代はなにもできない。というよりも、彼を更生させるつもりなんてハナからない。

ただ、アラヤマツミが悲しそうにしていたから、許せなかった。だから言いたいことを言いに来た。それだけなのだ。

「少なくとも、この商店街から去ってくれるのは助かるね」

この商店街を気に入っているアラヤマツミやハガミが、これ以上つらい思いをしなくて済む。それだけが、救いだった。

朋代が店から出ると、そこには人間の姿をしたアラヤマツミとハガミが待ち構えていた。

「ふたりとも……どうしたの？」

まさか来ているとは思わず、朋代は目を丸くする。

「その……心配でな」

アラヤマツミがぽりぽりと頬を掻く。

「我は夕餉の買い物に来たのだが、ついでに、朋代がまためったやたらに喧嘩を売ってはいないか確認しに来たのだ」

ハガミの物言いに、朋代は腰に手を当てて「どういう意味よっ」と怒鳴る。

「人をなんだと思ってるの。そんな見境なしに喧嘩売ってるわけじゃないよ」

「喧嘩を売ること自体は否定せんのだな……」

アラヤマツミが呆れたようにため息をついた。

「ちょっとそこ、邪魔ですから、立ち話がしたいなら別の場所でどうぞ」

　突然、後ろから声をかけられる。朋代が「えっ」と後ろを振り返ると、そこには御館がいた。

　店の前に並んでいた中年女性たちが一気に華やぐ。彼はそちらに顔を向けると、いつも通りの、爽やかな笑顔を見せた。

「すみませんが、今日は早めにお店を閉めようと思います。また後日、いらしてください」

「ええ～っ！」

　女性たちは不満そうな声を出したが「仕方がないわね」と諦めて、ブツブツ文句を言いながら去っていく。

　御館は用が済んだとばかりに店の中に入ろうとした。しかし、その時。

「神が本当にいたとしても、どうせ僕のことは――救ってはくれないんだ」

　まるで吐き捨てるように、御館が独り言を言う。

　そしてチラとこちらを見ると、今度こそ去っていった。

　扉が閉まって、ガラス張りの窓にカーテンが引かれる。

　それからほどなく――宗教団体を騙（かた）った詐欺集団の首謀者として、御館は逮捕されたのだった。

人々が汗水たらして働いているビジネス街にも、クリスマスシーズンは来る。

十一月も中ごろに入ると、街路樹に色とりどりのイルミネーションが美しく輝き、道を歩く人たちも、心なしか浮き足立って見えた。

一日の仕事が終わった朋代は、ダウンジャケット姿で夜道を歩き、自宅の鍵を開ける。

「ただいま〜」

「おかえりなのじゃ」

にょろにょろと這って、リビングから出迎えたのはアラヤマツミだ。

朋代は「寒い寒い」と言いながら靴を脱ぎ、ばたばたとリビングに駆け込む。

「あ〜、あったかい〜！　暖房出してくれたんだね」

リビングはほどよい暖かさに包まれていた。部屋の端には、ファンヒーターがごうごうと音を立てて温風を噴き出している。

「朋代は寒がりであるからな」

キッチンで作業をしていたハガミが、朋代に顔を向けた。

「今日は豆乳鍋にしてみた。さあ、手を洗ってくるがよい」

「うおおっ、豆乳鍋！」

なんてことだ。幸せすぎる。今日も仕事を頑張ってよかった。

朋代は洗面所に行くとウキウキ気分で手を洗い、うがいをして、リビングに戻った。

すると、テーブルには携帯ガスコンロの上に、くつくつと泡立つ豆乳鍋。

「わあ、すごくおいしそう〜！」

くんくんと鼻をひくつかせると、豆乳の甘い匂いと、だしの香りがした。

野菜や肉を盛った皿をテーブルに置いたハガミは、朋代の前に小さな小鉢と箸を置く。

「商店街の豆腐屋で購入したのだ。まずは湯葉から楽しむといい」

「あっ、この膜が湯葉なんだね」

朋代はいただきますと手を合わせてから、箸で膜を掬ってみる。そして、だし醬油にくぐらせて、ぱくっと食べた。

「ん〜っ、まろやかで、甘くて、おいしい〜！」

「いわゆる『汲み上げ湯葉』というものじゃな。ちなみに酒も今宵は、燗(かん)にしてみたぞ」

テーブルの上に乗ったアラヤマツミが、えっへんと胸を張る。彼の目の前には、陶器製のとっくりが置いてあった。

「マツミ君、こういう時だけは気が利くよね」

「こういう時だけとはどういう意味じゃ！」

「あはは、ごめん。でもこんなに寒い夜だから、お燗はありがたいよ〜。どれどれ」

朋代はとっくりを傾けて、おちょこに酒を注ぐ。

そして両手で持って飲むと、温かい酒がするっと喉を通っていった。

「はぁ……余は幸せじゃ……」

朋代はうっとりする。酒はお燗にすると、米の甘さがより引き立ち、ふくよかな香りが鼻腔を抜ける。そして腹の中からぽかぽかと温まる。

「ちゃんと、燗にしても合うように、糖度を調整したのだぞっ」

褒めよ褒めよとアピールするアラヤマツミに朋代はクスッと笑って、彼の頭を人差し指で撫でた。

「いつもお酒造ってくれてありがとう」

「ふふーん！」

「朋代よ、湯葉はもういいか？　そろそろ具材を入れていきたいのだが」

ハガミが菜箸片手に尋ねてくる。朋代はお酒をおかわりしてコクッとおちょこを口に傾けたあと、慌てて「ちょっと待って」と言った。

「湯葉、もっと食べたい！」

「朋代は湯葉が好きであったのか」

ハガミが意外そうな顔をする。

「豆腐料理はなんでも好きだよ。ヘルシーだしね」

　ヘルシーでおいしい。なんと素晴らしい響き。豆腐万歳である。

「はい。はい……っと。ＯＫ！　具材どうぞっ」

　何枚か湯葉を楽しんだあと、朋代がＧＯサインを出す。するとハガミは「やれやれ」と呆れた様子を見せながら、白菜などの野菜と、豚肉の薄切りを入れた。

「今日のお鍋は豚肉なんだね」

「豚肉はどんな鍋料理でもだいたい合わせやすいが、豆乳だと、豚肉の脂っこさが抑えられ、まろやかな味わいになるのだ」

　そう言って、土鍋の蓋を閉じる。しばらく待って具材に火を通せば、できあがりだ。

　ハガミは再びパカッと土鍋の蓋を開けた。

　ふわっとした湯気と共に甘い香り。

　豆乳の中で具材がおいしそうに躍っている。

「ふふ、冬の醍醐味(だいごみ)だねえ」

　朋代はウキウキと、椀(わん)に具を入れていった。

「豆乳に味がつけてあるから、そのまま食べるといい」

　ハガミがおたまで豆乳を掬って、朋代の椀に入れてくれる。

「ありがとう。う～ん、あったまりそう」

朋代は白菜を箸で取り、ふうふうと息を吹きかけてから口に放り込む。

「あつっ！　あつ！」

はふはふと口を動かして熱をやり過ごし、白菜を食べる。

「おいしい。これ、胡麻の風味がすごいよ！」

「うむ。練り胡麻や、味噌、醬油などで味をつけてある。だしは昆布で取った」

「なるほど。すごくコクがあって、野菜がぱくぱく食べられちゃうね」

朋代は幸せそうな顔をして、次にエリンギを食べた。コリコリした食感が楽しい。

そしてお楽しみの豚肉だ。

朋代は箸で豚の薄切り肉を取ると、軽く息を吹きかけて冷ましてから、はふっとかぶりつく。

「ふぉっ……うめえ……」

「朋代、言葉遣いは気をつけよ」

「あ、ごめんなさい。つい」

ハガミに叱られて、朋代は素直に謝る。ハガミは朋代の言葉遣いや仕草にとてもうるさい一面を持っているのだ。こういうところ、昔の頑固親父（おやじ）みたいだなと朋代は思う。

実物の『頑固親父』は見たことがないのだが。

「はあ、豚肉と豆乳、そして胡麻の風味……全部合う。身体も温まるし、最高のお鍋だね」

しみじみと肉を味わい、お燗をおちょこに注いでちびちびと飲む。

仕事はしんどいけれど、頑張ったからこそ、ごはんがおいしい。最高の時間だ。

「そういえば、にゅーすを見たのだが。御館が逮捕されたらしいな」

「ああ、うん。そうみたいだね」

白菜を椀に入れつつ、朋代は頷く。

御館神代。朋代があの店に突撃してから、数日も経たないうちに、彼は店を畳んで去っていった。

十分に金を集め、信者も獲得したから、もうあの商店街に用はないと言っていたが、本当にそうだったのだろう。

彼がどこに行ったのかはわからなかったが、皮肉にも、逮捕のニュースで判明した。

御館が捕まったのは、埼玉県で富裕層の多い地区。あの商店街と同じような手口で人を集め始めたところだったようだ。

「てれびの報道ではあまり騒がれなかったが、ねっとではそれなりに話題になっておったようでのう。いろいろ調べていたのじゃが……」

アラヤマツミは鎌首を下げて「ふぅ」とため息をつく。

「これは眉唾ものの情報かもしれないが、とある『つぶやきさいと』で、御館の知り合いを名乗る者が書き込んでいたのだ。なんでも、あの青年は生まれ故郷である地方で、ひどい村八分に遭っていたらしい。両親はその最中に亡くなって、天涯孤独となった御館は東京に移り住んだということじゃ」

「ふぅん。どうして村八分なんてされていたんだろう」

地方によっては独特の人間関係があるらしいことは、話だけなら聞いたことがある。しかし理由がなければ村人に嫌がられはしないだろう。

朋代が首を傾げると、アラヤマツミはその場でとぐろを巻き、床に伏せた。

「なんでも、御館は幼いころより霊や妖怪といった人ならざる存在が見えていたそうな」

「霊や、妖怪……」

朋代は目を丸くする。

「幼いうちは、素直に見たままを話していたのだろう。それで村人が気味悪がって、一家まるごと無視されるようになったようだ。……あくまで、つぶやきさいとでの一個人の言葉に過ぎず、裏取りも証拠もない話ではあるがな」

朋代もハガミも言葉を挟めなかった。シンとした静寂の中、ぽこぽこと、豆乳鍋の泡立つ音だけがする。

「あの男は、最後に言っていたな。『神が本当にいたとしても、どうせ僕のことは救ってくれないんだ』と。そして、チラとだがこちらを見た。——もっと言えば、あやつの視線は間違いなく、我に向かっていた」

御館が呟いた言葉は、朋代も覚えている。

なにかを心の底から恨むような、憎しみすら籠もった声だった。

常人には見えないなにかが見えていた男。救われたいと願い、救われなかった青年が最も許せないと思った存在は——神そのものだったのではないか。

だからあえて、神を騙る詐欺集団を作ったのではないだろうか。

自ら神を否定するため、金儲け（かねもう）けに神を利用しようとしたのだ。

「神は、人を救ってこそ……か」

アラヤマツミは悲しそうに目を伏せて、しょげる。

朋代はそんな彼の頭を指でつんつんとつついた。

「こーら。また無力感に打ちひしがれてる。神は万能じゃないんでしょ？」

「だが、人が望む神とは、やはり万能なる存在ではないか？」

「多くの人がどう思ってるかは知らない。でも、私は『なにもできない』マツミ君が大好きだよ」

ニコッと笑いかけると、アラヤマツミは驚いたように目を丸くした。

「だって、なんでもできて、都合よく助けてくれる神様なんて嫌じゃない。そんな神様が本当にいたら、人は頑張ることをやめちゃうよ」

「朋代……」

アラヤマツミとハガミが同時に名を呟いた。

朋代は椀に豚肉を入れながら話し続ける。

「思い通りにいかなくてジタバタあがいて、それでもいい結果が得られない時もある。部下の責任をかぶって、取引先に謝りに行く時なんてもうクサクサして最低な気分になる。世の中は無情だし、容赦ないし、嫌なことも苦しいこともいっぱいある。神にすがりたくなる気持ちもわかるよ。——でも」

ぱくっと豚肉を食べた。おいしい。幸せという気持ちが、今日一日あった嫌なことを、全部とは言わないけれど、ある程度流してくれる。

「たまに来る幸せが、とても嬉しくて、ずっと噛みしめていたい。神様がなんでも助けてくれたら、きっとこんな気持ちは味わえない。だから私は、神様は万能じゃないほうがいいと思う」

　ニコッと笑うと、ふたりは互いに目を見合わせ、同時にため息をついた。

「それは単に、朋代の食い意地が張っているからだけではないか……」

「世の中、食って飲めれば幸せという単純構造の人間ばかりではないぞ」

「う、うるさいなー！　いいのよ。人間は多少単純なほうが生きやすいんです」

　朋代はフンとそっぽを向いて、おちょこを口に傾けた。するとアラヤマツミがクスクス笑う。

「ま、そうかもしれんな。しんぷるいずべすと、というやつじゃ」

「その通り！　あとね、その話が本当だとして、あの御館ってヤツが悲しい過去を持っていたとしても、誰かを騙してお金を奪い取ることの免罪符にはならないんだからね。犯罪は犯罪なのです」

　冷たいようだが、悪いことをすれば捕まる。同情の余地があったとしても、罪は裁かれないといけない。

　朋代はお酒のおかわりをしながら「でも」と呟いた。

「都会に出た御館が、もしマツミ君と出会っていたら……彼の人生は、少し変わっていたかもしれないね」

アラヤマツミは「ふむ……」と考えるように視線を彷徨わせたあと、朋代に顔を向けた。

「どうであろうな。少なくとも我は、朋代であったからこそ、山から下りることを決意したわけじゃし」

「そうなの？」

「うむ。そなたの生き方は、我の好むあり方であったからな。我のような存在を真っ向から否定するわけでなく、過剰に畏まるわけでもない。なんというか、朋代は最初から、自然に我の存在を認めてくれていた。意外かもしれんが、そういう人間は少ないのじゃ」

するとハガミが同意するように頷いた。

「我もそうだ。普通は煙たがって当然なのに、おぬしは我を受け入れた。なんというか……さっぱりとしていて、過去に拘らないそのあり方は、我にとって救いであったのだぞ」

かつて人に悪さをしていたハガミは、人に嫌われて当然だった。安穏を望む妖怪にとっても、ハガミの扱いには困っただろう。

でも、朋代は気にしない。悪いことを反省したのなら構わないと、笑って言う。

「そなたなら、御館の行いも、そのうち許してしまいそうだな」

「許すとか許さないじゃなくて、ちゃんと罪を償って、二度と詐欺に関わらないなら、それでいいじゃない。被害者の気持ちとかはもちろんあると思うけど」

「フフ、朋代のそういうところが、我にとってなんとも心地よいのだ。あの者はきっと、我のような人でなしと出会っても朋代のように仲良くはなれなかっただろう。彼の望んでいたものは、友好ではなく、救済だったのだからな」

そう言って目を伏せたあと、アラヤマツミは朋代の顔をまっすぐに見つめる。

「ちなみに、我は朋代の言葉が嬉しかったぞ」

「え？」

「あの商店街の店でのことじゃ。中の様子を心眼で覗き見ていたが、神を否定する御館に朋代は怒ってくれたじゃろ」

彼はその時のことを思い出すように、金色の目を細める。

考えてみれば、突拍子もない一言だ。

神の存在なんて、今やほとんどの人間が信じていない。その中でも、朋代は叫んだ。

神はいると――。

「一歩間違えたら、頭のおかしい人間として煙たがられるような言葉じゃ。御館の故郷にいた村人が感じたようにな」

「……あ」

朋代は「確かに」と思う。

今の世の中、神や妖怪がいるなんて口にしたら、たちまち変人扱いされてしまう。

だからアラヤマツミやハガミたち『人ならざる者』は、自分たちの存在をひた隠して生きているのだ。

「それでも朋代は言ってくれた。神などいないと断言する者に、無駄とわかっていても『いる』と力強く言ってくれた。それは……とても、嬉しかったぞ」

アラヤマツミが優しい目をして言い、朋代は真っ赤に頬を染めて照れてしまう。

「な、なによいきなり。しおらしいマツミ君なんてレアすぎるよ。明日雪が降るんじゃない」

「そうなれば雪見酒じゃな！」

「雪を見ながら酒を飲むのに、最も相性のよい料理を考えておくとしよう。さて朋代、そろそろ締めといこうか」

ハガミはカチリとコンロの火を止めて、あらかじめ用意していた水のようなものをサッと振りかける。

「それはなに？」

「苦汁（にがり）だ。これを入れてしばらく加熱すると、豆腐ができる」

軽く豆乳をかき混ぜたあと、蓋をして、再びコンロに火をつける。そしてしばらくの後、蓋を開けると――中は、ほろほろに固まった豆腐になっていた。

「いわゆる『朧豆腐（おぼろどうふ）』だ。最後の一滴まで楽しめるのが、豆乳鍋のよいところだな」

「わあ、おいしそう！」

朋代はさっそく、レンゲで豆腐を掬った。そして息を吹いて冷ましてから口に運ぶ。

「んんっ、おいしい。普通の豆腐と違って、いろんな味が染みてるね～！」

トロトロの豆腐は、肉や野菜、昆布などのおかげで複雑な味になっており、さらに胡麻の風味があとを引くので、いくらでも食べられそうだ。

「は～っ、これでヘルシーなんだもん。最高だね、豆乳鍋。イソフラボン効果で美容にもよさそうだし」

「うむ、その通りだ。いろいろな具材をまんべんなく食べられる鍋は、最も効率のよい薬膳料理かもしれんな」

ハガミが腕を組んで満足そうに言い、アラヤマツミは自分用の酒をちみちみ飲んで「まことよのう」と笑う。

特別なものはないけれど、温かくて、穏やかな時間。

それはきっとひとりでは作り上げられなかった。

三人で——いや、ひとりと神様と妖怪で作り上げた、ひとつの家族のあり方。ただウマが合っただけという異様なトリオは、まるで奇跡そのものだった。

最終章　へんてこトリオの季節は巡る

　春は、どこか心が浮き立つ。そして鼻水が垂れる。

「へっくしょい！」

　クリーム色のスプリングコート姿で帰宅した朋代は、玄関ドアを開けるなり盛大なくしゃみをした。

「ただいま……」

「おかえりなのじゃ……」

　朋代を出迎えたアラヤマツミがなんだか物言いたげな顔をしている。朋代はポケットティッシュで洟(はな)をかんでから、ジロッと彼を睨んだ。

「なによ。言いたいことがあるなら言ってみなさいよ」

「では申すぞ。くしゃみ自体は仕方がないとして、もう少しおなごらしいくしゃみのやり方というものを……」

「シャラーップ！」

　朋代はアラヤマツミの小言を遮った。

「言えと申したのはそなたであろうが！」

「私にとってスッキリするくしゃみはおっさんみたいなくしゃみだからいいの！」

フンッとそっぽを向いて、朋代は靴を脱ぎ洗面所に向かう。

手を洗って、うがいをして、かゆみ止め用の目薬をさし、洟をもう一度かんで、リビングに入った。

「はー、花粉症やだ～」

「おかえり朋代。ふむ、気候は心地よくとも、身体はついていかぬか」

割烹着姿のハガミが、テーブルに料理を置いていく。

「気休めに過ぎぬだろうが、夕餉は花粉症に効きそうなものをこさえてみたぞ」

「ほほう。やるねえ～！」

朋代はテーブルについて、夕飯をまじまじと見る。

玄米ごはん、あさつきを散らしたあおさの味噌汁。菜の花のおひたし、ふきのとう、タラの芽のてんぷら。

「わあ、春って感じ。山菜料理だ！」

「不思議と、花粉症などの症状によいとされる食材は、春のもの、秋のものが多い。花粉症もそうではなかったか？　秋にも、街で花粉症に悩まされる人間を見かけたぞ」

「へ～、面白い偶然だね。いや、昔の人は自然とこういうものを身体に取り入れて、免疫力を高めていたのかもね。それじゃあいただきます！」

朋代は手を合わせてから、箸を取り、あおさの味噌汁を飲んだ。あおさがとろっと喉を通って、ふんわりと磯の香りがする。

次に、玄米ごはんを口に入れた。普通の白ごはんと違って香ばしく、噛み応えがある。よく噛んでいると、玄米の風味が口いっぱいに広がった。

「はあ……おいしいなあ」

今夜の酒は、デキャンタに入った状態で氷水で冷やされている。グラスに注いで一口飲むと、フルーティな甘さに、透明度のある繊細な風味がした。

「わ、今日のマツミ君のお酒、すごく上品だね」

「てんぷらは、どうしても脂っこくなるからのう。それを爽やかに流せるような味をいめーじしてみたのだ」

どうだとばかりに胸を張るアラヤマツミ。彼は自分の造った酒を褒められるのが好きなのだ。

「我もいただいたが、今日のアラヤマツミ殿の酒は絶品であったな。その天婦羅との相性もよいゆえ、是非、一緒に食べてみるがよい」

ハガミが言うので、朋代はさっそくタラの芽を取り皿に載せた。パラパラと岩塩を振って、さっくりと食べる。

「山菜といえば苦いってイメージなのに、タラの芽はどこか甘くて、食べやすいね～」

独特の山菜の味はするのだが、ずいぶんと食べやすい感じだ。お酒とももちろん合う。

ハガミは「そうかもしれんな」と頷いた。

「それゆえに、タラの芽を好む人間は多いようだ。我としてはもっと苦みのある山菜のほうが、山の幸らしくてよいと思うのだがな」

「ちなみに山菜選びは、我も貢献したのだぞっ！　なんせ山の神であるからな。うまい山菜の見極めなら我の右に出る者はいない！」

ふっふーと偉ぶるアラヤマツミに、朋代は内心、山の神様のくせに特技が山菜選びって地味だなと思ったが、拗ねそうだから言わないでおいた。

「ふきのとうはちょっと苦いけど、これはこれでおいしいね。さくさく食べられちゃう」

「もう少し春の季節が進めば、他の山菜も手に入るであろうな。漉油（こしあぶら）も天婦羅に合うし、見かけたら購入しておこう」

「コシアブラ、去年食べたね。あれすっごくおいしかった。ゼンマイの佃煮（つくだに）も、いい感じに味が浸かっててごはんにぴったりだったよ」

「ああ、薇か。わかった、それも探しておこう」

　毎日の仕事は大変だし、もちろん嫌なこともあるけれど、夜にこうやって、神様のお酒で晩酌しながら、天狗の作る料理を食べて、団らんする。

（考えてみると、私ってすごく幸せなのかも？）

　朋代はそう思ってから、ハッとしてぷるぷると首を横に振る。

「ダメダメ！　現状に満足してはならない！　このままだと私はおばあさんになった時、はーくんに介護される未来しかないのよ。私は今年こそ彼氏を作るって決めてるんだから！　神様とか妖怪じゃない普通の真人間と、介護し介護される間柄になるんだから！」

「なにやらまた、ろくでもない夢を語っているようだのう……」

「そこ！　神様だったら『夢が叶うといいな』くらい言ってよ！」

「前から申しておるがな、朋代。おぬしは圧倒的に男をたらし込むのが下手なのだ。まずはそこをどうにかするがよい」

「心が張り裂けそうなことを言わないで～！」

　アラヤマツミとハガミの容赦ない言葉に、朋代はワッと泣き真似をする。

「それよりも朋代。前に話していた、春のげーむのらいんなっぷから、欲しいげーむを厳選したのだ。あとでりすとを渡すゆえ、通販さいとでぽちる許可が欲しい」

「そうだ朋代、掃除機の調子が悪いぞ。こーどれす掃除機とやらが気になるのだが、今度共に家電しょっぷに行ってみないか。ちょいと使い心地を試してみたい」

「あんたら、本当は私のことATMかなんかだと思ってるでしょ！　マツミ君はちょっとは働け！　はーくんも、新しい家電ばっかり欲しがるのダメー！」

飯田家の大黒柱である朋代は、悔し涙を浮かべながらヤケ酒を始めるのだった。


春といえば、桜に花見、そして新入社員だ。

朋代は主任として、今年入ってきたばかりの女性社員を教育している。

ハツラツとしてピカピカしてフレッシュなオーラをみなぎらせる新卒社員の若さゆえの輝きに切なくなりつつ、朋代は根気よく指導していた。

「うん……うん。報告書はこれでOK。納品前には必ずデータをチェックしてね。次のリサーチは化粧品の意識調査だから、はいこれ資料。わからないことがあったら聞いてね」

新人の部下に書類を渡して、朋代はふうと息をつく。

指導も大事だが、自分の仕事も大事だ。そろそろ本腰を入れて作業に入りますかと朋代が腕まくりをした時――。

「あのぅ……」

先ほどの部下がまだ横に立っていた。

「ん。なんかわからないことある？」

キィッと回転椅子を回して朋代が尋ねると、彼女は恥ずかしがるように資料で口元を隠した。

「あ、あの。仕事と関係ないんですけど……ちょっとだけ、聞いてもいいですか？」

「うん。別にいいけど」

一体なんの質問だろう。部下は意を決したように、言う。

「あのっ、他の先輩から聞いたんですけど、飯田主任って、蛇とカラスをペットにしてる上、イケメンとオジサンをヒモにしてるって本当ですか!?」

朋代はズルッと椅子から滑り落ちた。

「ふふ……その『先輩』って、どなたかしらあ……？」

「八幡先輩です！」

「八幡ァ～！」

立ち上がるなり、八幡のデスクを見た。しかしそこに彼女の姿はなかった。間違いなく逃げたのである。

　朋代は後でとっちめると拳を握りしめつつ、ぐるりと部下のほうに顔を向けた。

「言っておくけど、多大なる誤解だからね」

「は、はい。そうですよね～」

　朋代の気迫に気圧されたのか、部下は半笑いで後ずさりをしている。この話題は禁句だと理解したようだ。

　その時、ピリリと朋代のスマートフォンが鳴った。

「あ、メッセージだ。ちょっとごめんね。わからないところがあったら、ピックアップしておいて！」

　部下にそう言ってから、朋代はメッセージを開いた。

　差出人は、アラヤマツミだった。

『そろそろ置き薬屋が来るころだとハガミが言っておるぞ。薬箱の整理はできておるか？』

「あっ、そうか。もうそんな時期か」

　河野遥河と伊草麻里。度々会っているが、薬箱の点検として来るのはずいぶん久しぶりだ。

その河野をはじめとして、朋代はすでに様々な妖怪と出会っている。そして仲良くなって、交友を続けている。

雪女、座敷童子、化け狸……他にもいろいろ目白押しだ。朋代と同じように、人ならざる者と関わっている人間の知り合いも、もちろんいる。

「また世間話で長引かせちゃうかもね」

薬の相談をしたり、近況報告をしたり。ハガミは河野から新しい薬膳料理のレシピを教わりたいと言っていた。

（そうだ。今の会社で囁かれ続けている、私の不名誉な噂について話してみよう）

世渡り上手な河野なら、噂を受け流すいいアドバイスをくれるだろう。そして、人がよくて他人に親身になれる麻里は、きっと朋代の境遇に同情してくれることだろう。

「だって麻里ちゃんも、毎回河野さんに振り回されてトラブルに遭って大変そうだもんね。もはや我らは運命共同体。仲間だもん。よし、思いっきり愚痴っちゃおう！」

お互いに、あやかしと交流している人間。朋代にとって大切なコミュニティ。

――朋代は、彼らと培ってきた絆を家族同然だと思っている。

これからもずっと守り続けていきたい、大事な『縁』なのだ。

あとがき

はじめましての方も、お久しぶりの方も、こんにちは。桔梗楓です。

このたびは、本書を手にとって下さって誠にありがとうございます。

この物語は、ファン文庫様で刊行して頂いている『河童の懸場帖』というシリーズのスピンオフになりますが、そちらをご存じでない方でも楽しめるように、軽快で愉快な話にしてみました。もし、本書で河童シリーズに興味を持ってくださったのなら、お手にとってもらえると嬉しいです。

さてさて、このトリオについてですが……。実は、アラヤマツミと朋代とは、長いつきあいがあります。

というのも、この二人のことは以前とある小説サイトで書いていたんです。

特に詳細も決めておらず、その日の気分で書いた短編でした。でも、蛇の神様と暮らしているごく普通の会社員、という取り合わせは気に入っていまして……。そういう経緯から、河童シリーズに出してみようかな、と思いました。

もちろん、短編の設定をそのまま持ってくることはできなかったので、短編はプロットタイプのアラヤマツミと朋代になりますね。

二人はとても書きやすくて、本当に楽しいんです。さらにハガミも仲間に加わって、最高にバランスの取れたトリオになりました。

そうなると、むくむく『このトリオをもっと書きたい！』という気持ちが膨らんでいきまして、スピンオフの話をしてみたところ、晴れてGOサインを頂けました。

それにしても、本当に朋代が羨ましい。私にもハガミとアラヤマツミが欲しい！

そんな思いにかられながら、毎日家事をしつつ、執筆していました（笑）。

アイロンがけが大の苦手なので、あれだけでもハガミにやってもらいたいです……。

本書を手がけるにあたり、今回も、編集さんや担当さん、大変お世話になりました。

そして、眉目秀麗なアラヤマツミ人間型と、めちゃくちゃ渋かっこいいハガミ人間型と、可愛い朋代を描いてくださった冬臣先生、ありがとうございました！

陽気な感じの表紙に仕上げてくださって、とても嬉しかったです。

それでは、このあたりで。またどこかの物語で出会えたら幸いです。

桔梗楓

この物語はフィクションです。
実在の人物、団体等とは一切関係がありません。
本作は、書き下ろしです。

桔梗楓先生へのファンレターの宛先

〒101-0003　東京都千代田区一ツ橋2-6-3　一ツ橋ビル2F
マイナビ出版　ファン文庫編集部
「桔梗楓先生」係